BOUTET Eliette

La forêt de l'Ombre

Mentions légales :

Cette œuvre est protégée par le droit d'auteur et strictement réservée à l'usage privé du client. Toute reproduction ou profit de tiers, à titre gratuit ou onéreux, de toute ou partie de cette œuvre, est strictement interdite et constitue une contrefaçon prévue par les articles L335-2 et suivants de du Code de la Propriété intellectuelle. L'auteur se réserve le droit de poursuivre toute atteinte à ses droits de propriété intellectuelle dans les juridictions civiles et pénales.

© 2021, Eliette Boutet

Dépôt légal : Juillet 2021

ISBN : 978-2-3223-7747-3

Couverture : Déborah Boutet

Chapitre 1

Il arrive parfois que des choses extraordinaires auxquelles vous ne vous attendiez pas fassent irruption dans votre vie. Extraordinaire ne veut pas dire forcément agréable, géniale, non parfois cela peut vouloir dire, effrayant, terrifiant, voire improbable ou surréaliste. Des événements qui peuvent changer le cours de votre vie que vous pensiez toute tracée ou presque, bien sûr. Des expériences qui vous obligent à revoir vos convictions les plus profondes, vos à priori, vos doutes.

L'aventure est souvent associée au fait de ne rien préparer à l'avance ; c'est parfois en se lançant dans l'inconnu que l'on peut se rendre compte de ses réelles capacités à affronter l'imprévisible. À faire face à des choses nouvelles, à s'adapter, à sortir de sa zone de confort. En bref à se surpasser. L'aventure ! Un mot qui sonne beau à nos oreilles ! Qui nous fait rêver ! Qui nous emmène vers des pays idylliques ! Et pourquoi ? Car l'aventure peut être là, devant notre porte ou en tout cas pas très loin. Mais il arrive parfois aussi, que la seule chose dont nous ayons envie ou besoin c'est, la tranquillité ! Et c'est l'aventure cette fois qui s'impose à vous…

C'était le réveil, avec sa sonnerie un peu agressive, qui me sortait de mon sommeil, ce matin-là. Contrarié par la rupture un peu brutale d'avec mon amie Lucie, la nuit avait été perturbée par de nombreux cauchemars. Ce n'était pas que je tenais à elle particulièrement, mais disons-le clairement, c'était la première fois que je me faisais jeter de la sorte. Et c'est cet événement inattendu qui me m'avait donné l'envie de me ressourcer. Événement triste certes, mais pas tragique non plus, il ne faut rien exagérer !

Je vis dans une banlieue paisible de Paris et j'apprécie le calme qui règne dans mon appartement quand mon amie Lucie n'est pas là. La solitude ne me fait pas peur, bien au contraire ; j'ai besoin de ces moments où je suis seul. Et la nature, comment vivre sans elle ? C'est pour moi une nécessité, c'est au milieu d'elle que je peux me ressourcer et réfléchir. C'est important pour moi de m'éloigner de la ville quand j'en ressens le besoin. Je me trouve chanceux de pouvoir le faire, non pas de fuir mais de m'évader un peu. Je suis un peu introverti et c'est dans la pratique d'un art martial, depuis une dizaine d'année et dans le tennis que je me défoule. Le sport avec lequel je fais ressortir tout ce que j'ai du mal à exprimer la nervosité, la colère parfois. Cela dit j'aime la compagnie. Je vois régulièrement mes parents et ma sœur qui vivent à quelques kilomètres de chez moi. Nous avons l'habitude de nous retrouver tous les quatre une fois par semaine devant un bon repas, le plus souvent au restaurant. C'est toujours avec plaisir que nous nous revoyons. Chacun raconte sa semaine et bien sûr, à chaque fois les anecdotes du passé refont surface. C'est une routine qui a quelque chose de réconfortant...

Pour la petite histoire donc, je fréquentais Lucie depuis cinq mois environ. Nous n'avions pas énormément de points communs tous les deux. Chose que je n'avais pas vu tout de suite. Je l'avais rencontrée quand je faisais quelques courses. Elle a fait tomber un paquet de pâtes que j'ai ramassé et de là est partie l'histoire. C'est dingue comme une chose au départ on ne peut plus banale, peut changer le cours de votre vie. Lucie était une jolie fille, une citadine qui n'aimait ni le camping, ni les promenades en forêt et encore moins le sport. Elle travaillait dans un journal, plus précisément, elle écrivait des articles dans un magasin destiné essentiellement aux femmes. Toujours habillée sur son trente et un, bien maquillée, un peu trop parfois à mon goût, les ongles peints d'un rouge écarlate, perchée sur des hauts talons de douze centimètres. Chose qui pour moi ressemblait plus à de la torture qu'à de la coquetterie.

Elle détestait tout ce qui l'éloignait de son monde, à savoir, la mode. Elle était extravertie et tellement sûre d'elle, que cela lui donnait cet air prétentieux. Elle parlait beaucoup et surtout de son travail qu'elle aimait par-dessus tout, ce qui n'était pas un mal en soi. Mais son air supérieur avait tendance à m'exaspérer. Elle rendait visite à ses parents qui habitaient à Bordeaux quand elle le pouvait, mais c'est avec moi qu'elle passait presque tout son temps libre. Nous partagions les mêmes goûts pour les bons restaurants et allions au cinéma une fois par mois. Chacun devant faire plaisir à l'autre ; elle aimait les films drôles ou d'aventures et moi les films de science-fiction ou qui relatent des faits historiques. J'avoue qu'il m'arrivait souvent de me demander pourquoi je restais avec cette fille ; je l'aimais bien mais… et c'est ça le problème, il y avait un « mais ». Á chaque fois que nous discutions, les choses prenaient une mauvaise tournure.

Elle me reprochait de passer plus de temps avec mes amis plutôt qu'avec elle ou de faire du sport…Ces reproches finissaient souvent de la même manière, en dispute. Enfin, généralement la crise ne durait pas longtemps, mais petit à petit, il était évident que l'une demandait peut-être un peu trop à l'autre. Puis un jour, la rupture ! Je ne saurais vous donner la raison, parce que nous venions de passer quelques jours de façon plutôt agréable. Alors pourquoi m'envoyer un message et me sortir toutes sortes de vacheries et me dire que tout était fini entre nous ? Quel a été l'élément déclencheur à ce moment précis ? Je n'en ai aucune idée. Mais j'avoue que même si la manière n'y était pas dans sa façon de rompre, j'ai ressenti un petit soulagement ; j'aimais sa compagnie, mais je n'avais aucun mal à m'en passer. Et devrais-je me sentir obligé de choisir entre elle et mes amis d'enfance ? Non, sûrement pas. De toute façon, le choix était pour moi sans équivoque, l'amitié, c'est sacré ! Bien évidemment, je ne suis pas parfait alors, disons que nous avions chacun notre part de responsabilité.

Je connais Pierre et Sébastien depuis toujours ou presque. Nous sommes liés par une amitié indéfectible depuis l'école primaire. Nous aimons nous retrouver tous les trois pour nous remémorer des moments heureux de notre enfance et adolescence. Nous avons fait les quatre cents coups ensemble et nous sommes de grands compétiteurs en matière de drague. Pierre et moi avons fait les études ensemble pour être dentistes et Sébastien est médecin. Plus que des amis, nous sommes des frères. On peut tout se dire, se disputer et même lorsque que l'on ne peut pas se voir, nous nous parlons au téléphone. Bref, il est difficile de se séparer des personnes qui vous connaissent le mieux finalement. Peu après la rupture d'avec Lucie, j'ai demandé à mes deux amis, s'ils seraient intéressés de faire un petit séjour au milieu de la nature pendant quelques jours avec moi, pour un vrai dépaysement :

— Adrien, tu peux me décrire la destination, que je visualise un peu ? me demande Sébastien.

— C'est dans un refuge en Bretagne !

— Bon, si c'est en Bretagne alors !

Nous nous étions mis d'accord sur une date et attendions le jour J avec impatience…

Chapitre 2

La veille du départ tout était prêt dans le grand 4X4 de Pierre. Vivres, sacs de couchage, lampes torches, allumettes… Enfin bref, nous avions pensé à tout pour faire face à toutes les situations, l'habitude sûrement. Pierre et Sébastien ont dormi chez moi le soir avant le départ, pour le côté pratique. C'est vers dix heures trente comme convenu, que nous partons pour la Bretagne. Le voyage s'est passé sereinement et après environ six heures de route, nous sommes enfin arrivés au refuge.

— C'est magnifique, j'adore ! Et pratique en plus ! On peut aller faire les courses s'il nous manque quelque chose ! Bien vu Adrien, là tu marques un point déclare Pierre de bonne humeur. La Bretagne est vraiment une belle région. Tu es déjà venu ici ?

— Non, c'est la première fois. Je ne suis pas déçu. Le refuge là, c'est un vieil homme qui l'a construit tout seul d'après ce qu'on m'a dit. Au départ, le maire n'était pas d'accord pour le laisser s'installer ici, mais a fini par céder au mauvais caractère du solitaire. Il y a l'électricité et l'eau. Apparemment c'était un original qui boudait la ville et ses habitants, mais qui n'avait pas tourné le dos à son confort. Il est mort depuis plusieurs années.

En vérité, le refuge en bois ne dénature en rien le lieu. Au contraire, il est en harmonie avec le paysage. Il se trouve à l'orée du bois et l'homme qui l'a construit devait être adroit de ses mains, car c'est une petite maisonnette plutôt bien bâtie. L'entrée donne sur un couloir qui débouche sur une cuisine carrée pas très spacieuse, avec au centre une table ronde en bois et quatre chaises. Contre le mur de gauche sont installés un réfrigérateur ainsi qu'une machine à laver. Sous la fenêtre, face à l'entrée au fond de la pièce, il y a un évier en émail et à côté, une petite gazinière. Sur le mur de droite, un meuble pour ranger la vaisselle. La chambre est composée d'un lit à deux places, d'une armoire et sous la fenêtre une banquette assez large pour y dormir. Il y a une salle d'eau avec seulement une douche et un lavabo avec un miroir au-dessus et à côté, un meuble plus haut que large. Les toilettes sont un peu plus loin dans le couloir. L'essentiel y est. Rien de superficiel ne prend de place ; sobre mais coquet. Les araignées qui ont investi les lieux, ont tissé leurs toiles dans tous les coins, ainsi que sous la table et les chaises. Des cadavres de petits insectes gisent un peu partout dans le refuge.

— Bon, ce que je sais aussi, dis-je, c'est qu'il va falloir ramasser les affaires du bonhomme et les mettre dans un sac plastique et faire un peu de ménage. Cette maison est inoccupée depuis pas mal de temps et ça sent le renfermé.

— Ils auraient pu envoyer quelqu'un pour nettoyer avant notre arrivée. D'autant qu'ils nous enverront la facture avant notre départ, je suppose ? Et sans vouloir me montrer rabat joie, comment se fait-il que personne ne soit venu prendre les affaires du Monsieur ? Est-ce qu'on t'a donné des précisions à ce sujet ?

— L'homme en question n'a semble-t-il, pas de famille. Quant au refuge, il n'appartient et n'intéresse personne. Mais tu as raison Sébastien, ils auraient pu au moins faire le ménage. En dehors de ça, je suis tombé par hasard sur une photo, je ne sais plus où et j'ai eu un petit coup de cœur. J'ai téléphoné à la mairie et on m'a répondu que nous aurions que l'eau et l'électricité à payer. Pas mal non ?

— Et toi, Adrien, bien sûr tu ne trouves pas ça bizarre ?

— Non !

C'est ma seule réponse à Sébastien qui a toujours eu une fâcheuse tendance à voir des bizarreries là où il n'y en a pas. Il adore ça.

Après quelques toussotements, l'eau des robinets est sortie avec une couleur douteuse, puis claire. Deux bonnes heures de ménage plus tard, nous avons pris une douche et nous nous sommes installés autour de la table ; du saucisson, du fromage, du pain et du vin pour notre premier repas.

— Mais ta dulcinée, qu'est-ce que tu en as fait Adrien ? Elle te reproche de passer trop de temps avec nous. Elle…

Et voilà c'est parti pour l'interrogatoire ! Bizarre, je pensais que ce serait Pierre qui m'aurait interrogé en premier sur Lucie ; il ne l'appréciait pas du tout et l'évitait le plus possible quand nous nous fréquentions.

— Nous avons rompu. Il n'y a rien d'autre à ajouter.

— Comment ça, vous avez rompu ? Et quand ?

Je décide de ne pas répondre, non mais, de quoi je me mêle !

— Ah, mais non voyons, Pierre, ils n'ont pas rompu ! Il s'est fait jeter. Mais bien sûr, c'est ça elle t'a largué ! Je me disais aussi qu'il y avait un truc qui ne tournait pas rond chez toi. Oh ! Il s'est fait jeter ! Et Monsieur n'a pas l'habitude ! Monsieur est vexé ! On ne laisse pas Monsieur sur la touche !

— Bon, on ne va pas polémiquer là-dessus, elle m'a largué et je n'en suis pas malade. Je n'ai rien à dire de plus.

— Elle n'était pas faite pour toi cette bonne femme. C'est une citadine pure et dure. Et elle n'aimait ni le sport, ni le camping… En fait, elle détestait tout ce que toi tu aimes. Et puis c'était une prétentieuse que j'avais du mal à supporter. Tu n'as rien perdu sur ce coup-là mon pote ! Je dirais même qu'elle t'a rendu un fier service.

Il fait nuit dehors et la fatigue commence à se faire sentir. Je décide de laisser le lit à mes amis. Ils se sont installés dans leur sac de couchage, personnellement j'ai envie de profiter encore un peu de la soirée.

— Mais qu'est-ce que tu fais à côté de moi ? Recule, encore, encore je te dis. Voilà c'est bien.

— Je sens qu'il se passe un truc pas normal. Je le sens je vous dis !

— Oh Sébastien ! Change de refrain tu veux bien ! Les fantômes n'existent pas, tout comme le père Noël !

— Oups, tu n'aurais pas dû lui dire pour le père Noël, dis-je avec un clin d'œil.

— Je n'ai pas peur. Je n'aime pas cet endroit, c'est tout !

Nous avons un long fou rire et continuons pendant un moment à taquiner Sébastien, vexé. C'était une soirée très agréable, pour tous les trois dans ce refuge, à se rappeler des petites anecdotes du passé. Faire une pause avec le travail et famille pendant quelques jours, nous fera du bien. Laisser les soucis derrière nous et profiter de la vie ! Voilà ce que nous attendions de ces quelques jours de vacances !

L'air était assez doux, mais en fin de journée, il s'était chargé d'humidité et malgré le ménage, le refuge sentait encore le renfermé. Un léger vent s'était levé qui faisait tressaillir les feuilles des arbres.

Dans l'obscurité, les bruits semblent amplifiés comme le cri perçant des oiseaux qui traversent le ciel. On peut deviner que dehors, dans la nuit, tous ne dorment pas. Cette ambiance aurait quelque chose d'inquiétant pour certaines personnes, à moi elle m'apaise. J'ai toujours aimé me retrouver au milieu la nature, depuis ma plus tendre enfance. Toucher les arbres, respirer le parfum des fleurs, des plantes, observer toutes ces petites bêtes qui grouillent autour de moi. Je me prépare un café et m'installe dehors sur une chaise devant le refuge. Les jambes allongées, les mains dans les poches, je lève la tête et observe les étoiles dans le ciel. Ce soir-là, pour rien au monde je n'aurais aimé être ailleurs. Je suis dans mon élément, loin de cette vie agitée. Je reste là, une heure pour prendre l'air. La fatigue aidant, je vais me coucher sur la banquette, dans mon sac de couchage ; je m'endors rapidement…

Rien de mieux qu'un bon sommeil réparateur ! Et c'est vers sept heures trente que nous prenons notre petit déjeuner dans la petite cuisine. Nous voulons profiter un maximum des quelques jours de villégiature dans ce bel endroit. Il n'est pas question de perdre notre temps à faire la grâce matinée. Sébastien n'a toujours pas retrouvé sa bonne humeur.

— Je vous préviens, je n'ai pas beaucoup dormi, alors je vous conseille gentiment de ne pas me titiller ! Franchement, je vous ai suivi parce que vous êtes mes amis, mais... bon, on a du café ?

Sébastien est rarement de mauvaise humeur et a beaucoup d'humour. C'est un médecin qui prend son travail à cœur et qui gagne à être connu. Il est généreux et si vous avez un problème, c'est lui qu'il faut aller voir. Optimiste au grand cœur, il saura vous redonner confiance et vous montrer le chemin. C'est un athlète qui n'a peur de rien, un vrai casse-cou. Mais bien qu'il ait un esprit scientifique, il s'intéresse beaucoup au paranormal, aux ovnis, aux fantômes... Si vous voulez vraiment l'énerver, attaquez-le sur n'importe lequel de ces sujets. Le démarrage ne se fera pas attendre.

Alors que nous prenons le petit déjeuner, Sébastien ne peut s'empêcher de poser des questions. Je dois reconnaître que c'est la première fois qu'il se montre aussi désagréable. Décidément ce lieu ne lui plait pas du tout.

— Mais comment s'appelle cette forêt, tu ne me l'as pas dit ? C'est Brocéliande ?

— Non, dans le prolongement, « La forêt de l'Ombre ».

— Tu plaisantes j'espère ? Qu'est-ce que c'est que ce nom bizarre ? Ça ne me dit rien de bon ! Prendre le large, oui, mais quand même, tu aurais pu choisir un truc qui sonne plus gai à nos oreilles ! Tout au moins aux miennes !

— Hé hé ! Tu vois Adrien. Je t'avais prévenu. Sébastien n'aime pas ça !

— Parce que toi tu étais au courant ? Merci les gars de me mettre dans la confidence. Cet endroit est certes joli avec un certain charme, mais on ne donne pas un nom pareil s'il ne cache rien ! Ça sent mauvais je vous dis ! Je m'y connais et aller taquiner fantômes ou autres créatures ne me dit rien du tout. Je vais prendre une douche mais vous n'avez pas fini de m'entendre…

— Des tas de lieux dans le monde ont des noms qui inspirent la peur, ce n'est pas pour autant qu'ils sont dangereux ! Je trouve cet endroit magnifique, sinon je ne l'aurais pas choisi !

Chapitre 3

Après le petit déjeuner et une douche rapide, nous décidons de passer toute la journée dehors. Nous avons pris soin d'enfiler des vêtements adaptés pour faire une longue balade, chargés de nos sacs à dos. Dehors, l'air est encore un peu humide. Des papillons semblent accompagner joyeusement notre marche. Nous n'avons nullement besoin de faire un long parcours pour être dépaysés. Nous avons pris un chemin de terre tout tracé entouré d'arbres immenses. Par endroit, des flaques donnent naissance à des filets d'eau qui coulent entre de grosses pierres enfoncées dans la terre. C'est une belle forêt, si fournie que le soleil a du mal à percer entre les branches. L'ombre et les raies de lumières donnent à certains arbres des formes fantomatiques et la forêt semble respirer. Des bruits furtifs se mêlent aux craquements des brindilles sous nos pieds et à notre passage les branches frémissent. L'odeur de la terre et les parfums de toute cette végétation se mélangent les unes aux autres. Un bois vaste qui semble vouloir cacher de grands mystères. Nous débouchons enfin sur une clairière inondée de soleil. Un peu plus loin, nous entendons le clapotis de l'eau.

— La maison, la forêt, la rivière ! Le paradis ! déclare Pierre.

La cime de certains arbres au loin semble toucher le ciel. D'autres avec leur tronc large, sont là depuis des siècles. Ils jouent le rôle de spectateurs et sont la mémoire de cet univers sauvage. Dans les sous-bois, l'ombre peut dissimuler l'assassin, la bête féroce, pour qui a de l'imagination. L'eau de la rivière est si claire qu'elle est le miroir de cette belle et mystérieuse contrée. Au milieu de cette luxuriance, j'ai l'impression d'être dans un autre monde. Nous avons marché trois bonnes heures environ pour arriver jusqu'à la rivière. C'est là que nous avons décidé de faire une halte. Il fait bon, l'air est agréable. Je respire à plein poumon et profite de cet instant. J'essaie de graver dans ma mémoire ce lieu que je trouve magique, conscient que nous n'avons vu qu'une infime partie de cette nature indomptée. Je m'allonge, une brindille dans la bouche. Le ciel est d'un bleu limpide et une légère brise nous caresse le visage. Pierre sort les sandwichs que nous avons préparés avant notre escapade, ainsi que des chips, l'eau, le thermos de café…

— Il y a une infinie variété d'arbres ici ; des châtaigniers, des hêtres, des sapins, des fougères ! Et je ne sais quoi d'autre encore ! Tu n'aimes toujours pas cette forêt ? demande Pierre à Sébastien.

— Oui, mais je n'aime pas ce qu'elle dégage !

— Elle dégage le parfum de la tranquillité, mon vieux. Personne ne viendra dénaturer ce lieu, ce serait un crime. Je me souviens d'une vieille tante, elle me disait qu'elle aimait entourer ses bras autour des arbres. Elle avait l'impression à chaque fois de percevoir des battements de cœur. Elle était passionnée et passionnante. Je n'étais qu'un gamin mais je buvais ses paroles. C'est elle qui m'a fait aimer la nature. Elle me manque parfois.

En disant cela, je me suis retourné ; j'ai eu la nette impression d'entendre des bruits de pas. Je regarde autour, mais rien, personne. Un animal sûrement.

— Et bien, j'avais une tante Edna. C'était une femme petite et un peu rondelette, très gracieuse. Elle avait la sale manie de me pincer les joues. Un jour elle m'a dit : « toi, Sébastien, tu es un bon à rien, mais tu es mon préféré ». Elle était institutrice, une vraie peau de vache parait-il et elle ne me manque pas du tout.

Dans nos conversations, nous discutons souvent de notre travail. Sébastien a des patients dont un en particulier pour lequel il s'est pris d'amitié et dont l'état de santé se dégrade à vitesse grand V. Mon ami au grand cœur ne sait trop comment le soulager et l'épaule du mieux qu'il peut. En tant que médecin, il a parfois du mal à prendre du recul. S'investir c'est bien mais il faut savoir prendre ses distances pour se protéger soi-même. Quant à nous, dentistes, les mal aimés, ce sont les patients qui essaient de mettre de la distance entre nous. Nous n'avons pas encore levé le bras que l'on peut voir la peur sur les visages. Cette journée est des plus agréables ! Le ciel bleu, le soleil, la rivière, l'amitié. Que demander de plus. Il n'y a aucune raison pour que cela change. Nous allons passer quelques jours sympas et nous avons bien l'intention d'en profiter…

Nous sommes sur le chemin du retour. L'air est plus frais et le ciel commence à s'obscurcir. Nous marchons d'un pas plus soutenu qu'au départ afin d'éviter la pluie qui menace de tomber. Les insectes virevoltent autour de nous, mais nous avons des vêtements adéquats pour nous protéger des piqûres. À chaque randonnée, nous prenons soin de nous protéger des bestioles volantes mais aussi de celles qui se trouvent au sol. Les chaussures montantes sont de rigueur ; le pantalon à l'intérieur des bottines et les manches longues. Seuls nos visages sont à découvert. La pluie commence à tomber, quand nous arrivons au refuge. Un orage éclate, les éclairs traversent le ciel, ce qui donne un aspect beaucoup plus sombre à cette forêt si belle en pleine lumière. Pour le coup, j'aurais donné raison à Sébastien. Après une bonne douche, nous préparons le repas quand quelqu'un tape à la porte. Un homme trempé se tient debout, l'air un peu perdu.

— Bonsoir, je suis désolé de vous déranger, mais je me promenais dans le bois avec ma femme et un couple d'amis, mais je les ai perdus de vue. J'ai dû rebrousser chemin, je n'y voyais plus à deux mètres devant moi. J'espère qu'ils sont rentrés ou qu'ils ont pu se mettre à l'abri quelque part. En plus il fait froid, je suis inquiet. Auriez-vous un téléphone pour essayer de les joindre ? Ma femme a le sien, avec un peu de chance je pourrais lui parler.

— Oui bien sûr, mais avant, débarrassez-vous de votre veste, elle est trempée. Nous allions nous mettre à table ! Vous allez prendre le repas avec nous, vous ne pouvez pas repartir maintenant, il tombe des cordes. Pierre le débarrasse de sa veste et lui donne le téléphone.

— Merci beaucoup.

L'homme essaie de joindre sa femme, en vain. Il laisse un message vocal, lui expliquant la situation. Il parle vite, passe d'une chose à une autre. Il tremble et je ne saurais vous dire si c'est par la peur ou le froid. C'est autour de la table que nous faisons plus connaissance.

— Je m'appelle Claude. Cela fait maintenant quatre jours que nous sommes ici. Nous habitons Lyon, nos amis aussi. Vous savez, je n'ai pas très faim, je suis très inquiet.

— Oui c'est normal, dis-je, mais si la pluie cesse, nous irons au village si vous voulez. Pour le moment, mangez ces pâtes, elles sont excellentes. Je m'appelle Adrien et il y a Pierre, Sébastien. Nous sommes arrivés hier. Il a fait une super journée aujourd'hui, on ne se doutait pas que le temps changerait aussi vite. Vous étiez de quel côté dans la forêt ? Nous, nous avons suivi un chemin, plus tard nous sommes arrivés dans une petite clairière. Nous nous sommes arrêtés là au bord d'une rivière, c'est un coin agréable. Nous n'avons pas été plus loin.

— Ah oui, la rivière, exact, nous l'avons traversée pour rentrer vers l'intérieur, le cœur de la forêt. Ce que je ne comprends pas, c'est que nous avons fait moins d'un kilomètre, alors comment peut-on se perdre aussi rapidement ? C'est très difficile, par endroit le bois semble impénétrable. Les arbres sont si près les uns des autres… ! Nous aurions pu nous croiser ! Hm ! Oui ces pâtes sont très bonnes, effectivement, mais je n'ai pas d'appétit. Je n'arriverais pas à manger, je suis trop nerveux.

— Je pense que vous allez devoir rester ici pour ce soir. Il se fait tard et la pluie n'a pas l'air de se calmer. J'avais pris deux couvertures en plus, vous n'aurez qu'à vous allonger dessus. Ce ne sera sûrement pas très confortable, mais nous n'avons rien d'autre.

— Merci Sébastien, c'est très gentil. De toute façon, je n'arriverai pas à dormir.

— Ne vous inquiétez pas, je suis sûr que demain vous aurez des nouvelles de votre femme. Vous avez des enfants ? Nous, nous sommes tous les trois des trentenaires célibataires.

— Et ça t'inquiètes mon poussin, ironise Pierre.

— Non, pas plus qu'à toi, mon lapin.

Pierre et Sébastien aiment se donner des petits noms d'animaux en présence d'étrangers. Ils adorent voir la réaction de certaines personnes, même si dans ce cas présent le contexte ne s'y prête pas, enfin ce n'est que mon avis.

— Vous êtes ensemble, tous les deux ?

— Non, nous plaisantons…

— Oh, mais ne soyez pas gênés Sébastien, chacun mène sa vie comme il veut !

Je regarde mes amis et m'amuse de voir l'expression de leurs visages. Ils ont un petit sourire de connivence. Deux gamins ces deux-là ! Sébastien et Pierre n'essaient pas de convaincre une nouvelle fois Claude, car en vérité, ce qu'il peut penser, leur importe peu. Pendant le repas, notre invité nous parle de son travail. Il se sent tout de suite à l'aise en notre compagnie. Il a une boulangerie et envisage de s'installer à l'étranger. Avec sa femme, ils en sont encore à peser le pour et le contre, à voir toutes les possibilités. Ils aimeraient partir avant d'avoir des enfants. C'est un homme grand, très mince, plutôt sociable. Il nous propose de passer chez lui à Lyon, quand nous le pourrons. La soirée passe de façon agréable.

Il est presque vingt-trois heures quand nous décidons d'aller nous coucher. Claude plie les couvertures en deux le long du mur au pied du lit et s'allonge avec sous sa tête, son sac à dos.

— Je vous remercie beaucoup pour votre accueil. Bonne nuit.

— Bonne nuit.

— Je sais que c'est difficile, mais essayez de vous reposer, vous vous inquiétez peut-être pour rien, dis-je sans grande conviction.

La pluie est tombée presque toute la nuit ; les éclairs qui zèbrent le ciel, illuminent parfois la chambre à travers interstices des volets. On pouvait entendre au loin, le tonnerre gronder. Comme un roulement de tambour, il semblait se déplacer lentement. La foudre a fendu l'air avec un bruit fracassant et est tombée loin du refuge... L'obscurité, les éclairs, la foudre, tout était réuni pour Sébastien qui pestait...

Chapitre 4

Et la lumière fut. Le jour s'est levé dans une clarté que rien ne laisse soupçonner ; le ciel est sans nuage, seuls, le terrain et les arbres prouvent que la pluie a été abondante. Certaines feuilles des arbres se plient sous le poids de l'eau. J'aime sentir l'odeur de la terre après l'averse, elle me rappelle des souvenirs d'enfance. Tout le monde s'est levé en même temps. Nous avons pris le petit déjeuner et Claude a rappelé sa femme, qui ne répond toujours pas.

— Je vous remercie, j'espère la retrouver au village, ainsi que mes amis. Sinon, je serais obligé de retourner au même endroit qu'hier ! Ce n'est pas simple et ils n'ont pas l'habitude d'être en pleine nature !

— On vous accompagnera si vous voulez. De toute façon, nous avions prévu cette sortie. Enfin si vous êtes d'accord les gars, demande Pierre.

Mon ami Pierre est un sportif lui aussi, mais surtout un bon vivant. Il n'est pas le dernier quand il s'agit de faire la fête. C'est un célibataire endurci, j'entends par là qu'il n'a nullement l'intention de se mettre la corde au cou. Pour lui, la vie mérite d'être vécue mais sans attache. Issu d'une famille de quatre enfants, il s'est souvent occupé de sa petite sœur et de ses frères pour aider sa mère quand ses parents ont divorcé. Période difficile de sa vie qu'il préfère taire. Farouchement opposé au mariage, il s'est juré de ne jamais s'engager, en tout cas, pas officiellement. Et si vous lui demandez son avis, il vous le donnera, mais il vous dira les choses sans ambages, même si cela doit vous déplaire. Son jeu préféré est d'asticoter Sébastien, il prend un malin plaisir à le chercher. C'est un gaillard d'allure sportive, avec des yeux bleus, au regard vif. Pierre est un dur au cœur tendre ; sous sa carapace, il dissimule une certaine sensibilité, mais n'est pas toujours apprécié par certains, pour son franc parlé.

Après avoir fait un ménage succinct, nous préparons nos sacs à dos. Il nous faudra sûrement un peu plus d'une journée pour retrouver tout le monde, si besoin. Mais sans nouvelle de Claude, nous décidons de nous mettre en route sans tarder. Nous avons emprunté le même chemin que la veille, puis nous avons continué entre les arbres. Par endroit, nous avons l'impression d'être dans l'obscurité, tellement il fait sombre à cause des grands arbres. C'est peu de temps après, que Claude nous a rejoints dans cette forêt qui me semble tout à coup, inhospitalière.

— Si vous êtes là, c'est que vous n'avez pas trouvé votre femme et vos amis, conclut Pierre.

— Non, aucune nouvelle. Personne ne l'a vue dans le village. Même mes amis sont introuvables. J'espère qu'il ne leur est rien arrivé. Par ici le téléphone ne sert à rien.

— Alors si vous êtes d'accord, nous allons commencer les recherches avec vous. Ils ont dû se déplacer pour se mettre à l'abri.

— Oui, mais il faut rester grouper. Vous vous souvenez à quel moment vous les avez perdus de vue ?

— Oui vous avez raison Adrien, il vaut mieux ne pas se disperser. Nous avions bien marché deux bonnes heures ou un peu plus peut-être. Nous étions arrivés comme vous à la rivière, mais ensuite nous l'avons traversée et nous nous sommes dirigés vers l'intérieur. Et comme je vous l'ai dit hier soir, nous n'avions fait que quelques mètres quand je les ai perdus de vue.

Nous marchons sans dire un mot, chacun dans ses pensées. Les arbres sont en rang serré comme pour empêcher quiconque de passer. Il est rare de trouver des aires un peu dégarnies de végétaux.

— Nous nous sommes beaucoup éloignés, je pense qu'il est préférable de retrouver la fameuse clairière et la rivière pour être à découvert ; je propose de la localiser. La compacité du bois rend la marche terriblement difficile !

Nous commençons à fatiguer et l'anxiété de Claude est communicative.

— Vous avez raison Adrien. Je pense que la rivière est de ce côté-ci, affirme Claude. J'ai en principe le sens de l'orientation. Mais c'est vrai qu'ici, tout se ressemble, il est impossible d'avoir des repères…

— Á quoi servira de retrouver la rivière puisque visiblement, vous voulez continuer les recherches. Je ne veux pas paraître désagréable, mais nous allons nous perdre, si ce n'est pas déjà fait. C'est un vrai labyrinthe ici. Excusez-moi Claude, mais j'ai un doute, vous le dites vous-même, vous n'avez aucun repère. Ne prenez pas mal mes objections, parce que je partage votre inquiétude, mais si nous continuons, nous risquons de ne plus pourvoir sortir de cette…prison et je pèse mes mots. Ce bois ne m'inspire pas, mais alors pas du tout.

Claude ne répond pas. Son visage est blême et son inquiétude se lit sur son visage. Mais il ne veut rien entendre, son objectif est de retrouver sa femme et ses amis. Sébastien essaie de le raisonner, mais rien n'y fait.

— Écoutez, je ne peux pas vous demander de me suivre. Je continuerai seul. Au village, je n'ai trouvé personne pour m'accompagner. Je n'ai d'ailleurs aucune envie d'embarquer qui que ce soit. Et nous avons fait des kilomètres en plus pour retrouver ce ruisseau. Ne vous en faites pas, vous êtes en vacances profitez-en, ce n'est pas à vous de m'aider. Je vais reprendre le même chemin qu'hier, ne vous inquiétez pas, je peux me débrouiller seul.

Je vous remercie pour votre aide, vous en avez déjà fait bien assez.

— Il n'est pas question de vous laisser Claude. Je veux juste vous faire comprendre que ce n'est pas prudent de s'aventurer ici. Mes amis ne me prennent jamais au sérieux, mais même si j'aime les endroits retirés comme celui-ci, je perçois des ondes très négatives. Alors je vous le demande encore une dernière fois. Vous êtes sûr de vouloir continuer ? Il est encore temps de rebrousser chemin, je pense.

— Mais enfin Sébastien, que voulez-vous qu'il m'arrive ? Je ne peux pas rester comme ça à attendre. Si vraiment je ne les trouve pas, je rebrousserai chemin et j'alerterai les autorités, c'est tout. Mon sac à dos est rempli de nourriture, pour le reste j'aviserai le moment venu. Que feriez-vous à ma place ? J'ai du mal à croire que vous seriez prêt à abandonner un de vos amis. Vous avez l'air très proche. Alors ne me demandez pas de faire ce que vous, vous ne feriez pas. Alors, rentrez si vous le souhaitez, je continuerai seul.

C'est vrai aucun de nous trois aurait envie d'arrêter les recherches, c'est certain. Je me mettais à sa place, il avait peur pour sa femme, et ses amis, quoi de plus normal ?

— Faisons au moins une pause avant de reprendre les recherches Claude !

Nous nous sommes assis entre les arbres pour manger un peu ; mes amis et moi avions faim et il était plus facile de réfléchir le ventre plein. Claude lui, regardait les alentours, sans s'éloigner de nous. Je dois avouer que j'étais admiratif devant l'opiniâtreté de notre camarade. Ce n'est pas évident, nous nous trouvons dans un terrain inconnu et difficile d'accès qui s'étend à perte de vue. Nous entendons des bruits furtifs dans les arbres et tout autour de nous. L'impression que d'un moment à l'autre une bestiole que l'on aurait du mal à éloigner, surgirait pour nous attaquer. Claude est courageux, mais nous redevenons parfois des enfants et éprouvons une peur irrationnelle. Oui, nous sommes au milieu de nulle part, et alors ? Pourquoi avoir le sentiment d'être en danger ? Pourquoi tous nos sens sont soudainement en alerte ? La peur de l'inconnu ? Mais quel inconnu ? Nous sommes dans cette belle, magnifique nature. Celle que je recherche toujours, celle qui me fait du bien, qui m'apaise. Alors quoi ? Je me garde bien de parler à mes amis de mes réflexions, et surtout à Sébastien qui, sans aucun doute, sautera sur l'occasion pour me faire tout un discours sur mes interrogations.

— Écoutez les gars, chuchote Sébastien, habituellement, je vous aurais dit que je suivrais sans problème mais là ! On devrait tous rentrer, même Claude. Il y a quelque chose qui me déplait ici et depuis le début. Rien que le nom me donne froid dans le dos. Je sais que je vous fais rire avec mes histoires, mais avouez pour une fois qu'il y a une atmosphère étrange ! J'ai l'impression qu'on nous observe. Je ne peux pas croire que vous ne vous en rendiez pas compte !

— Bon sang Sébastien, tu me saoules avec tes histoires. Nous sommes dans les bois, ce n'est pas la première fois, alors s'il te plaît, c'est lourd à la fin. Et on ne peut pas laisser cet homme seul pour chercher sa femme et ses amis. On doit l'aider et si vraiment on ne les retrouve pas alors on rentrera. Je suis sûr que si nous repartons sans lui, tu t'en voudras ensuite.

— Pierre a raison. La superficie de ce bois est immense, ils ont dû trouver un abri, un peu plus loin, ce n'est pas impossible et on ne peut décemment pas laisser Claude. On devrait faire en sorte de mettre des balises pour le retour. Sébastien, si nous l'abandonnons, tu seras le premier à le regretter, ça te rendrait malade, je te connais. Cette forêt est impressionnante c'est certain et notre imagination nous joue parfois des tours, mais il ne faut pas se laisser distraire.

— Comme vous voulez, je vous suis, mais je pense que l'on fait une énorme bêtise. Votre problème, c'est que vous ne croyait en rien, vous êtes en quelque sorte des coquilles vides. Vous ne voyez pas, vous ne ressentez pas, alors ça n'existe pas. Enfin, je vous aurais assez prévenu. Aller Sébastien ! Courage ! Respire le grand air, tant que tu es encore vivant. Tu vis peut-être tes dernières heures ! Ça m'emmerde un peu, je suis trop jeune pour mourir ! Aller jette toi courageusement dans la gueule du loup avec tes amis, à l'esprit étroit ! Et puis, comme tu n'es pas seul, ces deux gros idiots se feront peut-être dévorer avant toi ! Ne venez pas vous plaindre à moi dans la tourmente plus tard, si ça tourne au vinaigre !

Après cette tirade, Sébastien respire un grand coup et se tait pendant un moment.

Sébastien est un dur à cuire comme on dit ; rien ne lui fait peur habituellement. Malgré sa carrure, c'est un tendre, un vrai nounours. Mais depuis que nous sommes ici, il se montre très désagréable ce qui ne lui ressemble pas du tout. Sébastien a cette sensibilité que Pierre et moi n'avons pas, il ressent les choses, les perçoit, les devine aussi parfois. Mais jusqu'à présent, depuis que nous le connaissons, il n'a jamais pu nous prouver quoi que ce soit ! Si les fantômes existent, ils doivent avoir peur de nous ; les dentistes, arracheurs de dents ! Nous terrifions les vivants alors pourquoi pas les morts ? Blague à part, Sébastien est convaincu mais il n'est pas très convaincant ! Ce qui l'agace particulièrement. Il va même jusqu'à nous traiter de simplets à l'esprit étriqué ! C'est un passionné, un rêveur, qui a besoin de croire, ce que je respecte sincèrement, mais quand même !

Chapitre 5

Après avoir terminé nos sandwichs, nous avons repris notre excursion. C'est une belle journée, ce qui rend notre marche plus agréable. Nous suivons Claude sans dire un mot, regardant autour de nous, à l'affût du moindre bruit. Les oiseaux petits et grands poussent la chansonnette, sans interruption ils piaillent à tue-tête, ils égayaient cette forêt obscure et secrète. Cette vaste contrée sauvage abrite une multitude d'espèces. On entend, mais on ne voit pas. J'ai le sentiment étrange, que nous sommes des intrus, sans invitation nous nous imposons dans ce milieu indompté. Les arbres, plusieurs fois centenaires, nous regardent de haut, nous jaugent, comme des gens suspects. Nous sommes pareils à des petits insectes au milieu de cette gigantesque toile qu'est cette végétation abondante et qui se referme sur nous. J'ai la sensation, que même le craquement sous nos pas est une offense à la nature. On dénature le décor, le silence aussi, bien que la vie autour se fait entendre mais d'une façon harmonieuse. Nous déformons en quelques minutes, tout ce qui a mis un temps fou à se construire, à surgir des profondeurs de la terre. Toutes sortes d'idées me traversent l'esprit, comme le fait d'être possiblement, tombés dans un piège, prisonniers de ce monde intimidant. Puis je me ressaisis rapidement, Sébastien devrait se taire avec ses histoires bizarres et ses impressions irrationnelles. Mais même si je ne crois pas aux fantômes et autre, j'ai quand même de l'imagination ! Il commence à déteindre sur moi pour de bon et cela me dérange, je dois me reprendre. Mais ce sont les photos du refuge et surtout celles de cette belle forêt qui m'ont attiré !

— Je suis angoissé, finit par dire Sébastien.

— Je meurs de soif, on devrait s'arrêter un peu, propose Pierre qui est décidément, hermétique à toutes ces choses qu'il a l'habitude de qualifier de farfelues ; des trucs de bonnes femmes, comme il dit toujours.

Pierre n'est pourtant pas un homme macho loin de là, même si c'est parfois l'impression qu'il donne malgré lui… Nous nous arrêtons dans un espace un peu clairsemé. Assis à même le sol chacun essayant de se détendre. Sébastien allongé, la tête sur son sac à dos, Pierre s'interrogeant sur les ingrédients de sa barre de céréales et Claude assis, les jambes pliées entourées de ses bras, le front posé sur ses genoux, qui doit penser à sa femme. C'est pour lui une situation difficile. Quant à moi, je réfléchis à ce que je ferai une fois chez moi. J'ai toujours apprécié le dépaysement, mais là, tout de suite j'ai envie de rentrer. De retrouver ma famille, les collègues. Mes instruments de torture me manquaient ; la sonde, la spatule, la turbine, les seringues…J'aime mon travail, j'aime ma vie ! Cette balade aura eu sur moi un effet positif. Je me rends compte que j'ai besoin des grands espaces, mais il n'en demeure pas moins que la famille, le sport, comme le reste dans ma vie est tout aussi capital. C'est un équilibre, chaque chose a son importance. Nous sommes bien ici, à l'ombre des arbres. Nous pouvons reprendre des forces et voir aux alentours. Enfin façon de dire car les végétaux sont trop proches les uns des autres. Je me demande combien de temps il a fallu à toutes ces espèces pour se former, se transformer. Combien de siècle cette forêt a mis à élaborer cet écosystème, à l'organiser et à le défendre jalousement.

— Hé… hé, attendez ! Claude se lève d'un bond et court.

— Quoi, qu'est-ce qu'il y a ? demande Sébastien qui se redresse aussitôt.

Je me lève et regarde Claude qui s'est arrêté plus loin, courbé, les mains sur ses genoux. Je le rejoins, suivi de mes amis. Il a des cernes autour des yeux. La fatigue et l'inquiétude lui donnent un air maladif. Il ne sait plus et se sent responsable de cette situation. Comment a-t-il pu les perdre de vue ?

— J'ai vu une silhouette là-bas.

— Tu es sûr que ce n'est pas le fruit de ton imagination ? Tu es inquiet et c'est bien normal, dis-je

— Je suis peut-être fatigué mais je ne suis pas fou. J'ai vu quelqu'un !

— Je veux bien te croire, mais s'il y a une personne, pourquoi ne pas venir jusqu'à nous ? C'est sûrement un animal, c'est le plus probable, réplique Sébastien.

— Oui c'est vrai, tu as raison !

Notre camarade semble découragé. Je pose ma main sur son épaule et essaie de le rassurer. Il est pâle et abattu, il n'a quasiment rien avalé depuis la veille. Il est si anxieux qu'il ne ressent pas la faim. Mais il n'est pas encore prêt à abandonner. Nous décidons de nous remettre en route. Tout au long de notre trajet, nous essayons de mettre des balises pour nous repérer au cas où. Avec des branches et tout ce qui peut nous servir ; c'est certes bien insuffisant et certainement inefficace, mais le choix est mince. Nous marchons encore et encore. Le soleil par endroit semble complètement absent. Il est dix-sept heures quand nous trouvons à notre grande surprise une cabane en bois. Par endroit, elle est recouverte de mousse et d'herbe. Elle doit être là depuis un certain temps. À l'extérieur des planches sont posées un peu n'importe comment pour renforcer les murs. Et trois cordes accrochées au toit pendent, je me demande à quoi pouvaient-elles bien servir. À l'intérieur il n'y a rien, seulement de la paille sur le sol. De la paille et des taches de sang.

— Ce doit être un chasseur qui a construit cet abri. Le sang est celui d'un animal, enfin je suppose, dit Claude les sourcils froncés.

— Oui je ne vois pas d'autres explications. Ici ce n'est pas le gibier qui doit manquer !

— Excuse-moi, Adrien, mais s'il y a du gibier et il devrait y en avoir, comment se fait-il que l'on n'en n'ait pas encore vu ? C'est forcément un chasseur, mais…

— Pour une fois, je suis d'accord le spécialiste de l'étrange. C'est vous dire !

— Merci Pierre.

Au milieu de la cabane, nous regardons autour de nous pour essayer de comprendre. Mais il n'y a rien à dire, puisqu'il n'y a rien à voir. Un chasseur était sûrement passé par là, c'est la seule explication logique, et le sang celui du gibier. Nous nous installons tous les quatre sur la paille. L'abri est entouré de grands arbres et de fougères ; il fait beaucoup plus sombre et le soleil commence à descendre doucement. J'avoue que je ne me plais pas du tout dans cette masure, je la trouve sordide et il y a une odeur forte et désagréable. De plus la santé de Claude nous tracasse et l'atmosphère est particulièrement oppressante.

Seuls les chants des oiseaux me réconcilient un peu avec dame nature à cet instant.

J'ai envie, une fois n'est pas coutume, de poser des questions à Sébastien. Depuis le début, il nous rabâche que cette forêt lui déplaît, qu'elle dégage de mauvaises ondes ! Puis je finis par me dire que je suis influencé. Après tout pourquoi me miner pour quelque chose qui n'existe pas. Je me rends compte que je n'ai pas pensé à Lucie une seule fois. Peut-être que Pierre a raison ; elle m'a rendu service en me laissant. De toute façon, on ne s'entendait pas assez bien pour construire quelque chose ensemble. Je n'ai aucun doute là-dessus. Elle était gentille mais je ne l'aimais pas, rien que cela suffisait à notre rupture…

Nous parlons de choses et d'autres quand on entend un cri aigu au loin. Ce n'est pas un son habituel, il n'a rien d'humain, ni bestial d'ailleurs. Rien que nous connaissons déjà, ça c'est sûr. Nous sortons tous les quatre, un peu nerveux. Dehors la brume a fait son apparition. Sébastien a le sentiment qu'elle est là pour nous surprendre, ou pour mettre le voile sur ce qu'on ne doit pas voir. Dans un film d'horreur, le cadre aurait été idéal et l'ambiance n'aurait pas été fictive. Avec l'humidité, nous avons la peau moite. Claude a soudain un malaise ; il s'éloigne et vomit. Avec ses cernes sous les yeux, le regard vide, il me donne l'impression de perdre petit à petit le sens des réalités. Comme si quelqu'un lui enlevait toute raison, il est incapable de comprendre la situation. La seule chose qu'il veut est de continuer coûte que coûte, sans évaluer le moindre danger, il tient absolument à aller plus loin. Il semble attirer vers le cœur de ce bois, comme un homme qui est éperdument épris d'une femme. Il ne veut rien entendre, tout ce que Sébastien essaie de lui faire admettre, il le rejette sans prendre le temps de réfléchir. Toutes les mises en garde ne servent à rien. La forêt de l'Ombre l'appelle, lui fait les yeux doux. Sébastien le rejoint dehors :

— Je suis médecin, tu devrais rentrer dans la cabane que je t'ausculte un peu.

— Non je te remercie je vais très bien, je suis stressé c'est tout. Je ne suis pas malade. Je n'ai pas mangé voilà le problème.

— C'est vrai, il faut te forcer et prendre un peu de sucre mais surtout, on devrait rentrer. Tu n'as vraiment pas bonne mine. On peut trouver du renfort pour chercher tout le monde. Tu nous as dit toi-même que tu alerterais les autorités si tu ne les trouvais pas. Et nous avons parcouru pas mal de kilomètres et rien, pas la moindre piste ! Nous sommes convaincus que c'est la solution la plus raisonnable. Ça faciliterait les choses, tu ne crois pas ?

— Pour trouver tout le monde ? Ah oui… bien sûr ! Écoute Sébastien, je ne vous remercierai jamais assez pour votre gentillesse et votre aide, mais vous devriez rentrer si c'est ce que vous croyez le plus raisonnable. Mais ce n'est que le début des recherches, je peux continuer sans vous, il n'y a pas de souci.

— Et après on dira que je suis têtu ! On vient avec toi, il n'est pas question que l'on te laisse seul !

À nouveau réunis dans la cabane, nous mangeons en silence. Enfin l'appétit commence à nous quitter à Pierre et moi ; le stress de Claude est communicatif. Et l'ambiance n'est pas à la fête, c'est le moins que l'on puisse dire. Cette expédition sera pour mes amis et moi la plus mauvaise des aventures parmi toutes celles que nous avions faites. Sur une échelle de, un à dix, considérant que plus on monte plus c'est mauvais, cette excursion est à douze. La faute à qui ? À Personne bien sûr. Je décide de parler de spécialité Lyonnaise pour distraire Claude :

— Tu sais Claude, je suis déjà allé à Lyon, je n'y suis resté que trois jours. Je n'ai pas eu assez de temps pour visiter, mais j'ai passé de bons moments. C'est une belle ville et j'ai pu goûter de bons plats. Je suis très gourmand tu sais. Je n'ai pas retenu tous les noms, mais je me souviens avoir mangé des quenelles. C'était un régal, ah oui et la brioche dans laquelle il y avait du saucisson, j'ai pu apprécier aussi le poulet Célestin…

— Le poulet Célestine tu veux dire.

Le seul effet que lui procure ce petit discours, est la nausée. Il ressort pour vomir à nouveau. Nous sommes de plus en plus préoccupés par sa santé ; Sébastien pense qu'il ne pourra sûrement pas continuer dans son état, il semble trop faible et fragile. Il nous rejoint et s'excuse, nous expliquant qu'il se sent encore nauséeux et imaginer tous ces plats, l'écœure. Il commence à faire un peu froid. Nous prenons chacun notre sac de couchage et nous nous installons le mieux possible. Aucun de nous n'arrive à dormir. Tout un scénario au dehors nous empêche de nous détendre : les bruits dans les arbres, les hululements longs des hiboux, les craquements… Je n'ai jamais eu l'occasion de connaître cette face cachée de dame nature. Je l'ai vue flamboyante, magnifique dans la lumière du jour. Et la nuit, la nuit je l'ai appréciée comme une amie, sous la voûte céleste illuminée d'étoiles. Je l'aimais, je le revendiquais haut et fort. Mais ce soir, j'ai l'impression stupide qu'elle me trahit. Jamais je ne l'aurais imaginée aussi ténébreuse. Nous nous endormons que très tard. Claude pousse des cris de terreur, il est trempé de sueur. Il balbutie des choses incompréhensibles et parle tout doucement :

— Elle est là… je l'ai vue…

Il est très agité, tourne sa tête d'un côté puis de l'autre, veut se lever. Sébastien essaie de le calmer pendant un moment. Puis, bien qu'apaisé, sa respiration est toujours forte et rapide. Il a fait de nombreux cauchemars cette nuit-là.

Quand le jour se lève enfin, nous avons du mal à émerger. Le manque de sommeil et la fatigue ont eu raison de nous. Nous sommes restés un bon moment dans notre sac de couchage. Claude n'a aucun souvenir de ses mauvais rêves.

— Nous ne pouvons même pas faire chauffer un peu d'eau pour le café sans risquer de mettre le feu à cette foutue forêt. Avec l'humidité il y a peu de risque mais bon, vaut mieux être prudent ! De toute façon, nous n'avons pas ce qu'il faut, alors l'eau froide suffira, j'ai besoin de ma potion du matin. Qui en veut ? Questionne Pierre qui sort des sticks de café moulu.

Le café froid plutôt que rien avec quelques petits gâteaux secs. Claude prend cet infâme petit déjeuner, cette fois sans le rejeter. Ce qui me rassure un peu. Pas de rivière pour nous faire un brin de toilette. Nous avons été trop bien habitués avec tout le confort moderne. Comme ce devait être dur pour les anciens ! Mais on ne peut être nostalgique de ce que l'on ne connaît pas. Nous, nous ne savons pas apprécier la chance que nous avons. C'est seulement quand le confort est absent, que l'on se rend compte à quel point nous sommes chanceux. Tout nous semble naturel, comme si c'était un dû. Nous prenons conscience des choses, de leur valeur seulement une fois que nous en sommes privés. C'est pareil pour les gens ; on ne cherche pas forcément à les voir ou leur parler, parce que l'on sait inconsciemment ou pas qu'ils sont là. Ils sont absents mais ils sont là. Le jour où ils disparaissent pour toujours nous ressentons un manque et il ne reste plus que les souvenirs. Et puis les regrets, la frustration s'en suivent parce que l'on sait que l'on ne pourra plus leur parler ou les voir et ça, ça change tout !...

Dehors, la brume est toujours aussi épaisse. Nous nous éloignons un peu de la cabane pour se dégourdir les jambes. J'informe mes amis, ainsi que Claude, que si nous ne trouvons rien, on rentrerait. On ne peut continuer à marcher indéfiniment dans ce qui est devenu pour moi, une jungle. Mes deux amis sont d'accord quant à Claude, il ne conteste pas. Mais j'ai l'impression qu'il ne fait pas attention à ce que je dis. Il nous reste encore beaucoup de nourriture et un peu d'eau mais il arriverait un moment où elle nous manquerait. Le problème est que nous n'avons pas de plan ! Et de toute façon, nous ne pouvons-nous disperser au risque de se perdre de vue nous aussi. Nous devons nous rendre à l'évidence, nous n'avons aucun moyen pour retrouver la femme de Claude et ses amis. Aucun indice qui nous dirigerait d'un côté ou de l'autre. Nous sommes à quelques mètres de la cabane quand Sébastien nous interroge :

— Vous entendez ?

Je réalise que l'on entend plus le piaillement des oiseaux. Dans cette forêt immense qui s'étale sur des kilomètres, il n'y a plus aucun bruit. C'est un silence de plomb, pesant, terrifiant, annonciateur d'une catastrophe, d'un cataclysme, d'un tremblement de terre peut-être. Nous sommes tous les quatre groupés, ne sachant que faire. Avec cette impression que toute vie a disparu et que nous sommes seuls au monde. Que va-t-il advenir de nous ? Pourrons nous rentrer sains et saufs ? Revoir nos proches ? Un tas de questions me trotte dans la tête et je suis sûr qu'à mes amis aussi.

— Je n'entends rien, bon sang c'est vrai, ce n'est pas normal ! s'exclame Pierre.

— Je n'aime pas ça les gars, je n'aime pas ça du tout réplique Sébastien qui regarde en haut des arbres.

Puis un cri, le même que la veille. Encore plus puissant, plus aigu. Ce genre de cri qui vous donne des frissons, qui crispe tout votre corps. Claude instinctivement pose les mains sur ses oreilles. Il est si désemparé que cela le perturbe plus encore.

— Mais qu'est-ce que c'est, je n'ai jamais rien entendu de semblable. Tu crois que c'est quelqu'un qui crie comme ça ? Sébastien.

— Je vais sûrement te décevoir Pierre, mais je n'en ai aucune idée !

Chapitre 6

Avec le brouillard, il est difficile de voir distinctement. Pierre aperçoit un peu plus loin encore, une silhouette. Il avance lentement, puis pousse un cri d'horreur qui nous surprend à tous. Un homme nu est attaché avec de la corde aux poignets et aux chevilles. Il est écartelé entre deux gros piquets plantés dans la terre, le ventre béant. Il a été éviscéré entièrement. Instinctivement, nous faisons plusieurs pas en arrière. Comment ne pas vomir devant cette scène abominable ? Bouleversé, Claude marche de long en large comme un lion en cage. Son visage se crispe, une veine lui barre le front et machinalement il serre nerveusement ses cheveux entre ses doigts. J'ai l'impression qu'il est au bord de l'explosion. Sébastien prend des photos avec son téléphone portable. Le médecin du groupe a des hauts le cœur, mais il veut comprendre, il fait le tour du cadavre et analyse la tête ou du moins ce qu'il en reste. Elle pend en arrière, le haut du crâne a été éclaté pour pouvoir extraire le cerveau. Je ne peux regarder davantage le mort, ou plutôt cette vision répugnante. Qui a bien pu faire cet acte ignoble ? Je n'ai jamais vu de mes yeux une scène aussi repoussante. Je me sens mal moi aussi, mes jambes ne me tiennent plus. Pierre marche courbé, pris de vomissements. Nous sommes sous le choc. Nous étions loin d'imaginer une chose pareille. Et comment rester de marbre devant, cette macabre et sinistre découverte ?

Ce doit être l'acte d'un aliéné, ou des mystiques lors d'un sacrifice. En général, il s'accompagne de symboles, d'une mise en scène mais ce n'est pas le cas. Le corps sans vie doit être là depuis plusieurs jours. La puanteur qu'il dégage est nauséabonde, écœurante. Des mouches vertes se posent sur le cadavre ainsi que toutes sortes de petites bestioles que je ne cherche pas à voir de plus près. Il est certain que cette image nous hantera jusqu'à la fin de nos vies. Ce ne peut être que l'œuvre d'une personne. La face cachée de la laideur humaine, capable de barbarie qu'aucune raison ne peut justifier.

Dans cet état, la victime est méconnaissable, seul un test ADN pourrait aider à trouver son identité. Nous devons repartir au plus vite. Nous ne pouvons pas prendre le risque de finir de la même manière. Nous décidons d'un commun accord de décamper et d'informer les autorités. C'est la seule chose raisonnable à faire. Stressés, nous nous dirigeons vers la cabane pour récupérer nos sacs à dos. Claude est très nerveux. Malgré nos efforts, nous sommes incapables de le calmer parce que nous sommes tout aussi perturbés que lui. Mais il est inconcevable de continuer notre route dans ces circonstances. Notre nouveau camarade, me donne l'impression de ne pas vouloir partir. En fait, j'ai du mal à le cerner. Il est choqué mais en même temps quelque chose semble le retenir.

Mais je me trompe peut-être. C'était jusque-là un parfait inconnu. Et puis, la situation n'a rien de normale non plus.

— Je ne voudrais pas vous dire que je vous l'avais dit, mais quand même ! Je vous l'avais bien dit ! Et ce n'est pas faute d'avoir insisté. Nous rentrons mais on ne peut pas faire comme si nous n'avions rien vu, c'est certain. Il va falloir que ça bouge au village, qu'ils prennent les choses en main. Ce qui se passe ici est anormal ! Et puis Claude a besoin d'avoir des réponses concernant sa femme et ses amis. C'est hallucinant un truc pareil ! Ça, je vous le dis mes amis, ce ne n'est pas de la chirurgie ! C'est de la barbarie !

— J'ai encore la nausée, réplique Pierre.

— Oui et bien la prochaine fois, tu me prendras un peu plus au sérieux quand je dis que je perçois des ondes négatives. Mais bien sûr, tu fais la sourde oreille ou même tu te paies ma tête. On n'y croit pas alors on s'en amuse ! Voilà le résultat ! S'énerve Sébastien.

— Que je sache, Monsieur le spécialiste des choses qui n'existent que dans ton imaginaire, nous n'avons rien vu de surnaturel ou même de fantômes ! Tu sais tes copains, là ? Ce cadavre, c'est l'œuvre d'un grand cinglé, alors arrête de nous prendre la tête avec tes…

— Oh ! Vous allez la fermer ! Vous me fatiguez à la fin ! Ma femme et mes amis sont peut-être morts à l'heure qu'il est ! Mais qu'est-ce qui ne va pas chez vous ? Comment pouvez-vous montrer autant d'indifférence ? Vous êtes là à vous chamailler comme des enfants ! Ce cadavre, cet homme, des gens le recherchent sûrement. Il a peut-être une famille ! Et vous…

La tension monte. Claude ne peut s'empêcher de pleurer. Il craque. Rester dans l'ignorance le mine et le perturbe. La victime est attachée depuis plusieurs jours. Claude, sa femme et le couple d'amis étaient dans la forêt la veille, tout comme nous. Ce n'est donc pas l'un d'entre eux, mais il ne peut s'empêcher de les imaginer dans le même état que l'homme éviscéré.

— Désolé mon vieux. Non, nous ne sommes pas indifférents. Bien sûr que non. Mais c'est notre façon à nous d'essayer de garder notre calme. On se chamaille mais ce n'est pas méchant. Nous sommes tous sur les nerfs. Et puis… Pierre est un emmerdeur, qu'est-ce que tu veux que je te dise ?

— Quoi ?

La peur, le stress, le ton naturel de Sébastien… Nous avons eu tous les quatre, un grand fou rire nerveux ; les larmes ont beaucoup coulé. Il nous a fallu un bon moment pour nous calmer, puis le silence, avec l'impression d'être les seules personnes encore en vie. Nous regardons autour de nous, les arbres cachent peut-être l'assassin. Il est sûrement en train de nous épier pour nous surprendre. La prudence est donc de rigueur, nous devons rester sur nos gardes. Alors que nous retournons vers la cabane nous entendons à nouveau ce cri qui semble sortir d'outre-tombe. Mon cœur se met à battre si fort que j'ai un mal fou à respirer. J'ai l'impression de suffoquer, mes jambes me tiennent à peine. Mes amis et Claude, ne se sentent guère mieux ; nous sommes encore pris de nausées.

Face à l'inconnu, aucun de nous n'est en mesure de donner des explications. Impossible d'identifier ce hurlement, ni même sa provenance. Nous ne savons que faire ; rester pour reprendre des forces et repartir tôt le matin ? Ou partir tout de suite quoi qu'il en coûte ? En temps normal, nous n'avons aucune difficulté à prendre des décisions. Mais cette fois, la situation est différente ; nous sommes perturbés, et dans l'agitation, dans l'incapacité à réfléchir vite. J'ai pour ma part l'impression que c'est une manière de nous séquestrer, certes dans un environnement ouvert mais hostile pour nous empêcher de fuir. Il faut prendre une décision rapidement, mais j'en suis incapable.

— Qu'est-ce qu'on fait ? Il est évident que cette situation nous dépasse tous. L'air ambiant est trop stressant. Qui propose quoi ? Ne me demandez pas à moi, je ne suis même pas sûr de pouvoir tenir debout et ne pas savoir ce qui nous attend, me déstabilise.

— Personnellement, réplique Sébastien, je ne me sens pas trop mal, même si cette situation me perturbe plus que je le voudrais. Mais vous, mes pauvres garçons vous avez une mine épouvantable ! C'est bien simple vous me faites un peu peur, vous aussi ! Il ne tardera pas à faire nuit, on ferait mieux de rester là, c'est plus sûr. Vous n'êtes pas en état de vous déplacer et avec ce brouillard, c'est déjà bien assez compliqué !

Sébastien nous suggère de nous alimenter un peu. Pour continuer il nous faut prendre des forces ; nous ne savons pas à quoi nous attendre, nous ne sommes plus sûrs de rien. Mais toutes ces horreurs nous ont coupé l'appétit, nous sommes tous secoués par cette découverte inattendue. L'écœurement et l'angoisse ne nous quittent plus. Même si la vue de ce cadavre ne l'a pas laissé indifférent, loin de là, Sébastien a déjà fait face à des choses toutes aussi dramatiques. Nous sommes perturbés et en ce qui me concerne, j'éprouve une certaine appréhension à partir, mais aussi à rester. Je ne sais plus où j'en suis. C'est bien la première fois que j'ai autant de mal à affronter ce qui se présente à moi. Jamais une situation n'a été si compliquée, si bizarre, si préoccupante surtout. Cet homme éviscéré, qui était-il ? Décidément, on croit toujours avoir tout vu et tout entendu mais non, la vie nous réserve toujours des surprises bonnes ou mauvaises.

Quel que soit son âge, on n'imagine pas que peut-être un jour nous serons confrontés à quelque chose qui nous est complètement inconnue, qui nous dépasse. Dis comme ça c'est dur à croire et pourtant ? Pourtant, nous ne sommes qu'au début de ce que j'appellerais, une sortie cauchemardesque. Pierre ne veut pas rester ici, une nuit de plus. Il insiste pour que nous partions tout de suite. Le fait d'attendre, d'être statique lui donne l'impression d'être une proie facile. Il est anxieux et très pâle, la vue du mort, cet être au corps vide le rend malade. Nous avons mangé par force pour être plus résistant, c'est une nécessité. Mais nous avons tellement de difficultés à encaisser la situation, qu'il nous faut un bon moment avant de nous sentir beaucoup mieux. C'est alors le moment de s'éloigner de ce bois. « La forêt de l'Ombre » ! « La forêt de l'Horreur » plutôt, est plus appropriée.

Nous avons pris nos sacs à dos et nous sommes sortis de la cabane. Cette fois, nous devons nous décider et être capables d'affronter celui qui se présenterait devant nous. Enfin il fallait s'en convaincre. Nous, nous sommes quatre, mais nous ne savons pas à qui nous avons à faire. Une seule personne, ce serait facile ? Un groupe ? La question se pose. Un être humain, un animal ? Sadique, cannibale, illuminé ? Ou je ne sais quoi encore ! On peut le qualifier de ce que l'on veut, car il faut avoir un sérieux problème pour arriver à autant d'inhumanité.

Il ne fait pas froid mais très humide encore et le voile est encore très présent ; nous sommes sortis, nos lampes torche à la main, décidément rien ne nous est épargné. Étonnamment, dans ce nuage, je suis comme dans un de ces mauvais rêves que l'on a du mal à décrire ; j'ai l'impression que nous marchons et bougeons au ralenti, rien ne parait réel. Une ambiance angoissante, avec cette envie de vouloir courir, sans y arriver. Je me dis que si je sors indemne de cette situation, je ne pourrais plus jamais vivre comme avant. Mais j'ai besoin de me concentrer pour réfléchir. Nous avons des difficultés à nous mettre en route, comme si quelque chose nous retenait.

Je décide de faire le tour de la petite cabane ; je marche, lampe à la main, quand je vois à mes pieds un objet rond. Au moment de shooter, je réalise que c'est une tête déjà bien amochée. Je voudrais courir pour prévenir mes amis, mais j'en suis incapable. Mon cœur bat à tout rompre dans ma poitrine et mon corps est comme engourdi. J'ai envie de vomir, j'en ai assez, je me sens prisonnier, coincé. Tout en marchant vers mes amis, j'essaie de me contrôler ; le stress que je ressens m'empêche de respirer normalement. Je dois absolument me calmer, si je veux sortir de cet enfer. Quelqu'un devait être attaché un peu plus loin à la corde tâchée de sang, qui pend du toit de la baraque.

J'informe enfin mes amis. Sans plus tarder, nous démarrons notre marche vers la vie. Cet après-midi-là, je me suis senti comme un enfant à qui on a voulu faire plaisir. On m'emmène là où je veux aller à tout prix. Je fais un retour en arrière, on m'infantilise et je laisse faire ; ce sont les autres qui décident pour moi. J'ai perdu dans cet endroit, toutes capacités à prendre des décisions, des initiatives, c'est pour moi, une première, une sensation nouvelle. Sébastien, lui semble comme d'habitude, il garde la tête froide. En même temps c'est un cinglé lui aussi ! Nous sommes dans une situation extrêmement difficile, dans cet endroit hostile, mais lui n'a pas l'air plus perturbé que cela. Toujours plongé dans ses lectures, sur des choses que j'ai du mal à imaginer, ce n'est rien d'étonnant ! Des fantômes ? N'importe quoi ! À la limite les extra-terrestres, pourquoi pas ? Nous ne sommes certainement pas seuls dans l'univers, c'est grand ! Il y en a de la place ! La première question qui me vient à l'esprit est : « sont-ils barbares ? ». C'est triste. Pendant la marche il est impossible de voir à plus de quatre mètres devant nous.

— Qui se dévoue pour passer devant ? Comme je vous l'ai déjà dit, je n'ai pas peur, mais je ne veux pas être le premier à me faire bouffer. Et je veux voir comment ça se passe pour ne pas être pris au dépourvu. Je vous aime bien les gars mais…

— Sébastien, tu vas arrêter à la fin, tu me fatigues. Si tu n'as pas peur moi oui. J'en ai assez de cet endroit et de t'entendre déblatérer toutes tes conneries. Personne ne se fera bouffer ! C'est clair ? Alors ferme-la ! Crie Pierre.

— Tu oublies vite le pauvre homme écartelé et ce…

Pierre s'approche de Sébastien pour le frapper, quand ce cri dont ce dernier s'apprêtait à faire allusion, retentit avec force. Nous nous arrêtons pour essayer de savoir d'où il provient, nous avons peur, nous regardons tout autour. Puis, nous entendons de légers bruits de pas. Aucun de nous n'ose s'avancer pour voir de plus près, nous attendons nerveux, sans bouger, le souffle court. De l'épais nuage sort un corps de femme qui semble flotter. Elle tient sa tête sous son bras gauche. Son cou est rouge comme s'il venait d'être tranché. À sa vue nous avons fait un grand pas en arrière, choqués et surpris par cette vision surréaliste. Ce ne pouvait être réel, j'allais me réveiller.

Une chose pareille ne peut exister, pourtant cette créature sortie des ténèbres est bien là, devant nous. Son visage ovale est marqué de rides profondes sur le front et les joues. Son expression est étrange ; elle semble nous analyser. Elle a des cheveux longs châtains clairs ondulés et très sales. Ses sourcils sont si peu fournis, qu'on les distingue à peine. Ses yeux ? Ses yeux globuleux et exorbités dont le regard inexpressif glace le sang, nous fixent avec insistance. Son nez long et fin, sa bouche étroite lui donnent une physionomie peu harmonieuse. Elle ne doit pas faire plus d'un mètre soixante. Je ne peux détacher mon regard sur cette tête. Quelle vision étrange ! Elle semble venir d'un autre temps, je ne vois pas d'autre explication. Sa longue chemise beige avec une corde en guise de ceinture est trouée et tâchée de sang. Elle a de petites mains, avec des ongles un peu longs et noirs… C'est terrifiant, cette femme décapitée, reste là, devant nous, sans bouger. Dans ce lourd silence, je peux entendre la respiration de mes amis. Nous suffoquons, à cause de la peur et l'aversion que nous éprouvons ; cette impression de ne plus pouvoir respirer ne nous quitte pas.

La créature ouvre la bouche le plus largement possible, elle essaie probablement de nous dire quelque chose, mais rien, pas une syllabe, pas un son ne sort de son gosier. Elle nous observe ; son regard passe de l'un à l'autre ; Difficile de savoir ce qu'elle veut et personnellement, je n'ai pas l'intention de m'attarder là-dessus. Alors qu'elle avance à pas lent, nous reculons tous les quatre sans la perdre de vue. Instinctivement chacun tient le bras de celui qui se trouve à côté. La femme, le monstre, accélère progressivement son allure. Nous continuons à reculer, incapables de courir. Nous ne sommes plus maîtres de nos décisions. C'est quand nous sommes presqu'à sa portée, que nous détalons : l'instinct de survie sûrement. Nous partons encore vers l'intérieur de la forêt, celle que nous voulons quitter à tout prix. Courir, courir sans s'arrêter. La créature est à plusieurs mètres derrière nous. Nous accélérons encore notre course pour la semer. Je trébuche, mes jambes ne me portent plus, je me cogne aux arbres, je dois faire un effort pour avancer. Le cri au loin reprend de plus belle. Claude ne supporte pas ce hurlement, ce qui le ralentit. Mes amis essaient de l'encourager mais il n'entend rien. La femme semble avoir du pouvoir sur lui, à moins que ce ne soit cette chose qui nous assourdit tant. Claude s'arrête, les mains collées à ses oreilles, il la fixe, tout en reculant à nouveau, titubant comme un homme un peu ivre. Il ne peut pas lutter, il réagit à peine.

— Claude, qu'est-ce que tu fais ? hurle Pierre.

— Non, je ne peux pas, je ne peux pas.

Claude sur les genoux ne veut ou ne peut plus continuer. Nous essayons de l'emmener mais il est un poids mort. Impossible de le relever. Il ne fait aucun effort pour sauver sa propre vie. Nous étions tous les trois incapables de le redresser. Nous, sportifs endurants, avons perdu toutes capacités à soulever un seul homme. Claude n'est plus capable de suivre. Toute la volonté et la hargne qu'il avait eues jusque-là, pour sauver sa femme et ses amis, s'étaient évanouies en quelques secondes.

Á l'évidence, Claude n'était plus le même, nous devions l'abandonner sur place et continuer à courir. Le laisser était insupportable, mais devant cette étrange créature nous avions perdu notre sang froid, cette situation nous dépassait. Devant la chose la plus hideuse, la plus invraisemblable, nous n'étions plus nous-mêmes…

Chapitre 7

À bout de souffle, perdus, nous faisons une halte. Pierre est pris à nouveau de nausée, il est pâle et pas loin de l'évanouissement.

Il se sent un peu coupable de nous avoir embarqués dans cette histoire, car c'est lui qui a pris cette initiative. Nous l'avons suivi conscients des difficultés qui nous attendaient. Et surtout, nous n'avons jamais eu de mal à dire « non » ; mais Pierre s'en veut malgré tout, il a peur pour nous. Jamais il ne s'en remettrait s'il arrivait quelque chose.

— Si ce n'est pas l'enfer ça doit lui ressembler. Cette femme avec sa tête sous le bras, vous l'avez vue comme moi, je n'ai pas rêvé, n'est-ce pas ? Et c'est moi qui vous aie embarqués là- dedans.

— Tu n'as rien à te reprocher Pierre, tu n'es pas responsable. Si tu ne t'étais pas proposé, l'un de nous l'aurait fait. Et non tu n'as pas rêvé. Bon, je pense qu'il faut faire demi-tour, déclare Sébastien.

— On ne va pas y arriver ! Il fait presque nuit et avec la brume… Pierre n'est pas bien et moi je n'ai pas le courage de marcher toute la nuit. Il faudrait se reposer un peu et reprendre la route le plus tôt possible. Enfin il me semble. Je n'arrive plus à réfléchir et…

— OK, mais ensuite nous n'aurons plus le choix, nous devrons déguerpir le plus vite possible. Je n'ai pas l'intention de rester un jour de plus ici. Il n'y a rien d'autre à faire…

— De quel côté ? demande Pierre.

— Je reconnais humblement que je ne sais pas du tout, mais a-t-on le choix ?

Bien sûr, ce n'est pas un réel repos, toujours sur le qui-vive. De temps en temps nous baissons la garde, fatigués par le manque de sommeil et le stress. Je ne sais combien de temps nous nous sommes arrêtés. J'allais poser la question, quand le cri a retenti, celui qui ne présage rien de bon, cela nous l'avons compris maintenant. En regardant avec plus d'insistance, à quelques mètres derrière nous, une silhouette qui se faufile entre les arbres. C'est à pas lent et sans faire de bruit, que le corps s'est avancé vers nous. La femme a pris la tête sous son bras par les cheveux pour la soulever. Sa bouche est grande ouverte et ses dents sont rouges de sang qui coule sur son menton. Elle est si près de nous que je peux presque sentir son odeur, celui de la mort. L'expression de son visage est celle de la satisfaction. Elle semble nous narguer ! Elle lève son bras droit, dans sa main, il y a un cœur dégoulinant d'hémoglobine. Ce doit être celui de

Claude, pauvre homme ! Tout mon corps tremble par la peur, le dégout. Je dois faire un effort surhumain pour mettre un pied devant l'autre. Nous nous éloignons d'elle, sans pouvoir courir. Nous sommes tétanisés. Et ce cri terrible se fait entendre de plus belle ; c'est le hurlement de la créature, mais bizarrement, le son est là, tout près, mais parait venir de loin en même temps. Les choses étranges sont difficiles à expliquer parfois.

Il faut courir, encore, le plus vite possible, se faufiler entre les arbres. Nous restons proches tous les trois pour ne pas semer l'un d'entre nous en route. Je ne sais pas d'où vient cette force ; l'adrénaline et l'envie de vivre sûrement. Nous accélérons le plus possible notre course. J'ai le sentiment que nous ne sortirons pas vivants de cet enfer. Je perds confiance en moi. La situation est éprouvante et anxiogène. Nous avons fait environ trois kilomètres difficilement, pour être en sécurité. Sécurité toute relative. Dans notre campement de fortune, les rayons du soleil arrivent jusqu'à nous. Nous sommes contents, car jusque-là nous avons vécu dans l'obscurité à cause des arbres gigantesques qui ne laissent aucune chance aux raies de lumière. Dans des situations exceptionnelles, mêmes les choses simples deviennent un trésor. Sentir la chaleur du soleil sur notre peau nous fait un bien fou. Nous en avons besoin ; c'est un petit coin de lumière, dans les ténèbres !

— Sébastien, cette créature existe, on ne peut que l'accepter ! Alors, je reconnais que je suis hermétique à tout ce qui est de l'ordre du paranormal et toutes ces choses qui t'intéressent. Jamais je n'aurais imaginé le reconnaître, mais j'ai eu tort, admet Pierre humblement. Qu'est-ce que je vais bien pouvoir faire pour te prendre la tête ? Une de mes activités préférées. Mais d'abord, je vais vomir, je ne me sens pas bien du tout. Je suis dépassé, je me sens même un peu lâche.

— Arrête de dire des bêtises, tu n'es pas lâche du tout. Je te connais assez pour pouvoir l'affirmer, répond Sébastien.

Pierre encore pris de malaise est pâle comme un linge. Il est en sueur et ne tient pas sur ses jambes. Il doit absolument reprendre des forces au plus vite, car le monstre ne nous laisse aucun répit, c'est certain.

— Nous ne sommes pas encore sortis d'affaire ! Je ne vous apprends rien. De toutes les choses bizarres que j'ai pu voir, celle-là les dépasse de loin. D'ailleurs je ne suis pas sûr de pouvoir raconter cette histoire à qui que ce soit, sans risquer de me faire passer pour un fou. Enfin, si je suis encore de ce monde !

Nous sommes restés un petit moment dans ce lieu tranquille. Nous sommes bien mais pas détendus. La peur de voir surgir la créature ne nous ne le permet pas. Nous devons être toujours sur nos gardes, prêts s'il le faut à courir malgré la fatigue. Sébastien s'éloigne un peu pour voir les alentours. Il ne revient pas tout de suite, quant à moi je finis par m'assoupir. La fatigue a pris le dessus sur moi. Comment continuer à lutter ? Á faire face ? C'est pour moi, pour nous, l'occasion de se surpasser, de trouver la force pour rester en vie. Si l'on m'avait dit que nous allions vivre une situation aussi éprouvante que surréaliste, je ne l'aurais pas cru c'est certain...

Les jours, les nuits, tout se ressemble. C'est la peur et l'inconnu qui dominent notre quotidien. Nous ne comptons plus ; quel que soit le temps que nous passons dans cette galère, il semble ne jamais arriver au bout. J'ai l'impression pour ma part que nous sommes ici, depuis des semaines. Je pense même, que si tout cela s'éternise encore longtemps, nous finirons par perdre le sens des réalités nous aussi, tout comme Claude. Il a perdu la notion du danger et les capacités à lutter. C'était malgré lui. Il était devenu sombre lui aussi, comme cette forêt.

Nous marchons en silence, quand j'ai senti une présence derrière nous, je commence à courir comme un dératé. Mes amis sans trop savoir pourquoi, me suivent. J'ai trébuché sur une branche et suis tombé de tout mon poids :

— Mais pourquoi tu cours comme ça ? hurle Pierre.

— Elle est derrière nous !

— Mais non voyons, je regarde partout, Pierre aussi. Tu as cru la voir parce que tu es tressé.

— C'est ça, prends-moi pour un fou maintenant. Je te dis que je l'ai vue.

Je me relève péniblement, j'ai la tête qui tourne un peu. Sébastien vient m'aider, mais je lui assène un grand coup de poing qu'il n'a pas vu venir. Pierre tente de me calmer, me hurle d'arrêter mais au lieu de ça, je m'en prends à lui, j'ai besoin et envie de lui faire mal. Je sais me battre mais j'ai perdu le contrôle. Je me jette sur lui pour le frapper. Allongés sur le sol, nous rendons coup pour coup. Nous nous battons, c'est peut-être le début de la fin ! L'agressivité dont nous faisons preuve est le résultat de la situation. La tension est grande et la frustration de ne pas trouver de solution aussi. Sébastien essaie de nous séparer, en vain. Pierre aussi s'acharne sur moi, c'est je crois une façon de nous défouler. Nous roulons d'un côté et de l'autre, aucun de nous ne veut s'arrêter. Nous cognons sans ménagement, puis le coup de grâce ! Pierre m'envoie un coup de poing si fort que je reste là, haletant, pendant un petit moment. Nous sommes blessés tous les deux, mais sans gravité. Puis, assis, le visage dans mes mains, j'essaie de me calmer. Je suis à bout, cette situation est ingérable.

— Alors, vous vous sentez mieux tous les deux ? Est-ce que vous battre vous a fait du bien au moins ? Mes amis, il faut continuer notre route, nous n'avons malheureusement pas d'autre choix.

Aucun de nous ne répond. Nous sommes essoufflés, autant par la bagarre que par l'énervement. Nous reprenons la route en silence. Tout mon corps me fait mal à cause de la chute et les coups, mais je ne veux pas rester là. Nous n'avons pas suivi un chemin tout tracé. Nous sommes partis un peu dans tous les sens pour semer la créature, ce qui est un peu absurde, puisqu'elle est capable de nous retrouver à chaque fois. C'est avec le recul que nous pouvons analyser la situation, parce que dans le feu de l'action nous sommes incapables de gérer. Nous sursautons au moindre craquement, on a l'impression qu'elle va surgir à tout moment… Elle doit errer dans cette forêt depuis si longtemps ! C'est son instinct qui la guide certainement. Elle est comme un prédateur qui chasse ses proies, les suit avec son flair, bien entraîné. Elle a peut-être aussi une forme d'intelligence, qui sait ?

Nous ne savons pas où nous sommes, à combien de kilomètres se trouve le village, ou juste la rivière. C'est un réel problème qui se pose. Nous ne comptons pas sur la chance pour nous orienter vers la sortie. Et la femme ne nous laisse aucun répit, c'est notre principal obstacle. Nous sommes terrifiés, nous savons plus ou moins à quoi nous attendre maintenant, mais nous pouvons aussi tomber dans un piège. La prudence est donc de rigueur. Un mauvais pas et c'en est fini de nous. Il faut rester sur nos gardes, nous sommes trois, chacun regardant dans une direction différente pour avoir un maximum de visibilité. Pour ma part, je suis obsédé par le temps ; nous sommes le matin, l'après-midi ? Il fait encore jour mais pas pour très longtemps et la faim se fait sentir. Nos sacs sont grands et nous avons toujours l'habitude même si ce n'est que pour une journée, de les remplir un maximum. Au cas où. Les gros mangeurs et les gourmands ne lésinent jamais sur la nourriture. Mais dans cette circonstance particulière, nous ne savions pas combien de temps nous allions rester ici pour aider Claude.

Nous sommes partis sans attendre notre camarade, mais avions l'intention de poursuivre les recherches avec lui, si c'était possible. Nous devions donc prévoir plus de vivre encore ; Des assortiments de petits gâteaux secs et autres denrées en plus, comme ces fameuses barres de céréales qui font parties du ravitaillement. Il nous faut tenir le plus longtemps possible en ce qui concerne la nourriture ; devoir nous restreindre n'est pas bien difficile car la sensation de faim disparait aussi vite qu'elle apparait, car nous nous sentons vite écœurés. Pierre et moi avons du mal à manger. C'est l'eau qui nous fait défaut maintenant. Nous espérons pouvoir nous en procurer au milieu de l'enfer. Trouver encore une rivière serait une aubaine ! Nous continuons notre route. Il faut bouger, essayer de sortir de là. Dans quelle direction ? Nous n'en avons aucune idée, mais ce n'est pas en restant sur place que le problème sera résolu. Rester groupés est la première règle. Nous avons sorti nos petits couteaux, petits mais tranchants.

— Pas de pitié pour les barbares !

— Si tu veux mon avis, Pierre, cette femme est déjà morte. La tuer une deuxième fois, n'est juste pas possible !

— Qu'est-ce qui te fait dire qu'elle est déjà morte ?

— C'est difficile de rester en vie avec la tête coupée ! Je n'y avais pas pensé mais Sébastien à raison, dis-je.

— Exact ! Mais alors, pourquoi veut-elle nous tuer ? Qu'est-ce qu'elle cherche exactement ? Je ne comprends pas, tout ça me dépasse ! C'est un cauchemar, comment va-t-on s'en sortir ? Je suis tellement déboussolé, que je n'arrive plus à réfléchir. C'est tellement logique, bien sûr qu'elle est morte cette garce.

— Vous n'avez jamais assisté à des scènes extraordinaires ou flippantes, bien que celle-ci soit plus que terrifiante, ce qui vous rend plus fragiles, probablement ! Je me demande lequel de vous deux va flancher en premier ? Hm ! Il va falloir que j'analyse tout ça !

— C'est vraiment très drôle, répond Pierre, agacé par les plaisanteries de Sébastien.

Pierre et moi sommes déstabilisés. Nous ne pouvons mettre une idée devant l'autre. La situation est tellement délirante, ou plutôt angoissante, que toute logique a disparu. Nous sommes comme deux gamins à qui il faut tout apprendre, même les choses évidentes. Parce qu'elles sont évidentes les choses en question, mais nous sommes inaptes à affronter ce genre de galère. Nous n'arrivions pas à faire le lien entre les cadavres et la femme. Juste une impression d'être dans un autre monde. Avec notre esprit étroit, nous ne sommes pas capables de voir plus loin, de ce que l'on connaît déjà. Et il n'en fallait pas plus, pour nous rajouter de l'anxiété, après les propos de notre ami. Bravo Sébastien ! Très psychologue le copain médecin ! Je le soupçonne de le faire exprès, peut-être est-ce une petite vengeance ? Nous l'avons si souvent taquiné, avec ses histoires de fantômes, surtout Pierre d'ailleurs. Sébastien a beaucoup d'humour, mais le moment est mal choisi. Et nous faire plus peur encore, ne nous aide pas, bien au contraire. Nous le méritons sûrement, mais nos vies sont en danger, ce n'est pas une plaisanterie, loin de là.

Chapitre 8

Doucement mais sûrement, le soleil termine sa course. Il descend derrière les grands arbres. Rien ne perturbe le grand astre. Là-haut dans le ciel, il fait son travail, imperturbable. Je le regarde et je pense dans mon for intérieur qu'il nous laisse tomber. C'est absurde, mais j'ai l'impression que tout dans cette forêt, se ligue contre nous.

Il fait de plus en plus noir. La lumière des lampes torche rend l'endroit encore plus inhospitalier, je dirais même flippant. Je suis comme un enfant qui a peur dans le noir. Jamais l'obscurité n'a eu un effet aussi désastreux sur moi. L'ambiance qui règne est trop lugubre. Je ne me suis jamais senti aussi petit, aussi fragile. Sébastien nous avait dit, « Vous ne voyez pas, vous ne ressentez pas, alors ça n'existe pas », il avait mille fois raison. Des choses existent autour de nous que nous ne percevons pas, mais nous sommes tellement fermés, que nous ne voulons pas le croire. Elles nous paraissent, invraisemblables, voire absurdes ! C'est une belle leçon qu'il nous donne là ! Il faut le voir pour le croire ! Je suis venu dans cette forêt de malheur, j'ai vu cette créature sortie de je ne sais où et maintenant, je sais que je ne dirai plus « je ne crois pas » au surnaturel, à l'invisible, aux choses improbables. Et cette femme est bien là, elle, avec la tête sous son bras, ce n'est pas une invention ! Ce n'est pas normal non plus, mais elle existe, dans notre monde, nous l'avons vu de nos yeux. Qui pourrait croire une histoire aussi ahurissante ?

J'ai presque envie de pleurer de rage tellement je trouve cette épreuve interminable. Je veux rentrer chez moi. J'en ai assez de cette terre sauvage qui sert de maison à des êtres malsains, à cette atmosphère qui n'a rien de réconfortant. Moi, Adrien, un si grand amoureux de la nature ! Comment peut-elle me faire ça ? Comment la beauté peut se changer en laideur à ce point ? Des questions qui resteront sûrement sans réponse ! Je ressens un vide, une souffrance. Je suis en mesure je crois, de comprendre maintenant ce que peut ressentir une personne injustement enfermée. Être prisonniers, alors que l'on ne recherche qu'un peu de tranquillité au milieu de la forêt. Jamais je ne me suis senti aussi mal et vulnérable. Mais je ne suis pas seul, mes amis aussi subissent le même sort que moi. Serions-nous là encore demain ? Voilà la question qui me hante maintenant…

— J'espère que l'on ne tourne pas en rond ! Sébastien, on va tenir combien de temps comme ça ? Et elle est passée où l'autre ? J'allais vous dire que j'ai envie de l'étrangler mais ce n'est pas possible. Alors, lui arracher les yeux, c'est bien aussi ça, non ?

— C'est vrai ça, elle est passée où la chose, le truc abject ? Et dire que je n'aimais pas Lucie !... Pardon

Adrien, je crois que je déraille ! réplique Pierre en lançant un regard dans ma direction, et ça va durer encore combien de temps comme ça, on a couru pour toute une vie !

— Fermez-la, et regardez autour de vous ! Arrêtez de déconner et restez concentrés !

— Mais je ne suis pas d'humeur à déconner ! J'ai peur ! Oui je suis faible ! Qui ne le serait pas devant ce machin ?

— Moi aussi j'ai peur Pierre et j'ai même l'impression que nous vivons un jour sans fin.

Pourquoi ne pas l'avouer. Nous sommes terrifiés, n'importe qu'elle personne saine d'esprit aurait peur. Il n'y a pas de honte à le reconnaître. Nous ne savons pas ce qu'il va advenir de nous. Est-ce que l'un d'entre nous va se faire tuer, comme ce pauvre homme attaché entre les piquets, le ventre ouvert, la tête fracassée. Et Claude semblait avoir perdu la tête ! Comment ? Qu'est-ce qui a fait que subitement, il perde le contrôle ? Est-ce la créature qui a eu du pouvoir sur lui ? Nous n'en savons pas tellement plus aujourd'hui ? Pauvre Claude ! Pourtant le premier soir, pendant le repas, il avait l'air d'être une personne tout à fait équilibrée. Ils avaient des projets, lui et sa femme. Ils voulaient partir dans un autre pays, fonder une famille. C'était quelqu'un de bien Claude. Une vie n'est jamais toute tracée à l'avance.

Pendant le parcours il y a quelque fois des barrières en travers de notre chemin. Certaines peuvent être éliminées et d'autres vous empêchent d'avancer ou vous obligent à reconsidérer vos priorités. Il y a les petits accidents de la vie et les grands. Et puis, il y a des situations qui vous font obligatoirement prendre conscience que vous étiez dans le faux…

Il fait un peu froid et un léger vent commence à souffler. Le ciel est noir, aucune étoile n'est visible. C'est quand le tonnerre qui tout doucement se faire entendre, que des fulgurances apparaissent dans le ciel obscur et que la pluie se déverse en trombe, que la forêt semble encore plus redoutable. Ce n'est vraiment pas le moment mais nous avons soif. Dans notre malheur nous pouvons enfin avoir de l'eau, nous ouvrons la bouche par réflexe. Nous profitons de cette chance pour remplir les gourdes qui pendent de chaque côté de nos sacs. Nous grelottons, il faut se mettre à l'abri, mais seuls les arbres peuvent nous protéger, mais pas assez ; nous sommes vite trempés. J'ai l'impression étrange, que cette nuit est sans fin, que le jour ne se lèvera plus jamais. Nous sommes fatigués et certainement perdus pour de bon. Nous n'avons pas parcouru une longue distance ; mais entre prudence de rigueur et obscurité, il est difficile d'avancer vite.

— Si ce n'est pas cette bonne femme, c'est le froid qui va nous tuer, déclare Pierre.

— Tuer non, nous ne sommes pas en hiver, mais attraper une cochonnerie, c'est possible réplique Sébastien.

La pluie tombe longtemps, enfin, difficile à dire dans ces circonstances, nous nous trouvons dans une galère interminable. Nous continuons à avancer lentement. Je me retourne instinctivement, quand je vois la créature derrière nous. Je dirige la lumière de ma lampe vers son visage, sous le bras. Ses cheveux mouillés sont plaqués sur ses joues. Elle parait encore plus hideuse. Ses yeux sont grands ouverts comme à chaque fois et ses fins sourcils haussés donnent à sa figure, une expression encore plus repoussante. Je voudrais parler, crier mais je n'y arrive pas, j'ai du mal à contrôler ma respiration. J'essaie d'attirer l'attention de mes amis, en tirant les manches de leur veste. Ils se retournent ensemble et à la vue de la femme, poussent un cri d'effroi.

Nous courons comme des dératés, c'est la seule solution qui nous vient à l'esprit. Pierre et Sébastien doivent m'aider à avancer, mes jambes flageolent. Comment se mesurer à cette créature ? Quelle est sa méthode pour nous fragiliser et nous faire tomber entre ses griffes ? Nous sommes exténués et le cri dans la nuit semble encore plus terrifiant, ce qui ne fait qu'augmenter nos angoisses. J'ai l'impression qu'il a un écho ; il est loin et proche à la fois. Cette nuit ressemble à toutes les autres, j'ai hâte de voir la lumière du jour ! Qui sait, elle n'arrivera peut-être jamais ! Pendant la journée le stress est moins éprouvant...

Dans la noirceur de la nuit, en plus du bruit de la pluie et du tonnerre, nous avons l'impression d'être enfermés dans une petite boîte.

Le soleil commence à poindre enfin, il monte mais pas assez vite à notre goût. Nous regardons régulièrement derrière nous, partout pour voir si le corps nous suit toujours. Il apparait, puis disparait.

Le but est peut-être de nous déstabiliser, ou nous faire changer de trajectoire ! Personne n'est là pour répondre à nos interrogations. Nous sommes seuls, comme enterrés dans les profondeurs de la terre, loin de nos familles, de nos amis et collègues. Nous sommes loin de la civilisation...

Le jour est là pour de bon. Nous sommes éreintés et nous avons froid mais il ne faut pas se laisser abattre. Nous ne ressentons plus la faim, la tension que nous subissons nous coupe l'appétit. Toujours vigilants, nous avançons et devons prendre garde de ne pas nous blesser. Cela devient notre quotidien, notre routine. Tous les lieux se ressemblent, et nos jours aussi. Perdre du temps n'est pas une option, mais trouver une issue pour retrouver enfin la liberté ; mais aucun repère pour nous indiquer le chemin. Malgré tout, nous devons continuer, nous n'avons pas le choix. Soit, nous restons sur place et nous mourons, soit nous continuons et peut-être que nous finirons par trouver l'issue, le Graal. Il faut faire quelque chose. Mais au fond de moi, j'ai l'impression que nous faisons tout cela pour rien.

Et si mes amis devaient mourir dans cette forêt, je préfère mourir moi aussi, voilà ce qui me passe par la tête, à cet instant. Mais je suis fatigué et je me sens prêt à abandonner.

— Ça suffit, j'en ai assez dis-je. Combien de temps encore allons-nous marcher ou plutôt courir. Nous sommes définitivement perdus. Nous nous éloignons peut-être encore plus du village. Personne n'a pensé à prendre une boussole. Elle va finir par avoir notre peau cette…

— Tais-toi, répond sèchement Sébastien. On va y arriver, j'en suis sûr. Nous sommes fatigués mais il ne faut surtout pas baisser les bras, parce que là oui, nous serions perdus pour de bon.

— OK, mais Adrien a raison. Où est le village, de quel côté ? Nous avons circulé dans tous les sens. Comme-ci ça ne suffisait pas, il faut éviter l'autre. D'où elle sort celle-là ? On devrait prendre le temps de réfléchir à…

— Tu veux réfléchir à quoi Pierre, hein ? Il y a des arbres et encore des arbres à perte de vue. Nous tournons peut-être en rond c'est vrai, mais peut-être pas, alors on continue c'est compris ! Quant à l'autre comme tu dis, je n'en ai aucune idée et figure-toi que je n'ai pas eu le temps d'y réfléchir sérieusement. Qu'est-ce qui vous arrive bon sang ? Je vous ai connu plus combattifs tous les deux ! Alors fermez là, vous me fatiguez à la fin…

Un soir, alors que nous sortions d'un restaurant, des gars un peu éméchés nous avaient cherché des problèmes. Nous avions essayé de calmer le jeu mais ils ne voulaient rien entendre. Les quatre bonhommes, s'étaient approchés de nous et l'un deux, avec une certaine sournoiserie avait mis un coup de poing à Sébastien qui ne s'était pas fait attendre pour se défendre. Mon ami ne fait jamais rien pour se battre mais il n'a pas de mal à riposter. Avec la colère qu'il avait ressentie, il n'avait eu aucun mal à se débarrasser de son agresseur. Pierre et moi rentrions dans la danse.

Ce fut une joyeuse pagaille, des gens autour regardaient les idiots que nous sommes se taper dessus. Nous avions certes pris des coups, mais nous en avions rendus pas mal non plus. Sébastien est le plus calme de nous trois, mais il est le plus rapide quand des voyous cherchent la bagarre. Il peut se battre tout en faisant le guignol, il ne peut pas s'en empêcher. Il fait des petits bons, sautille, se déplace d'un côté, de l'autre. Il sait se battre, nous aussi. Mais Sébastien est quelqu'un de joyeux, sympa, compréhensif, il sait se faire apprécier. Il n'aime pas la violence mais les chercheurs d'embrouilles n'ont plus. Les spectateurs autours de nous souriaient pendant l'assaut, applaudissaient même parfois. Deux des gars étaient salement amochés. Sur ce fait, la police est arrivée et heureusement les témoins ont confirmé nos dires, ce qui nous avez permis de nous en tirer à bon compte. Souvenir inoubliable avec mes meilleurs amis, mes frères.

Nous avançons sans interruption, malgré le découragement, dans cette végétation un peu trop touffue. Nous parcourons de longues distances sans nous reposer. Au milieu des grands arbres, des branches nous barrent la route quand plus loin, nous sommes surpris par une certaine agitation. Mon cœur tambourine très fort dans ma poitrine, avec des sensations désagréables dans tout le corps. Trop loin pour distinguer distinctement ce qu'il se passe, nous essayons de nous rapprocher le plus possible. Sous nos pas, les branchages craquent et peuvent informer de notre présence. Arrivés à une certaine distance, nous attendons patiemment.

La scène qui se déroulera devant nos yeux un peu plus tard restera gravée dans notre esprit jusqu'à la fin de nos jours. Claude est encore en vie ! Nous le croyions mort ! Nous pensions que le cœur dans la main de la sanguinaire était le sien.

Il est inconscient, attaché à un arbre. Quelques mètres plus loin, un corps gît sur le sol. Nous nous avançons encore doucement, pour essayer de faire le moins de bruit possible. Nous scrutons les alentours, la créature nous guette peut-être. Nous voulons faire tout ce qui est en autre pouvoir, pour délivrer notre camarade, que l'on ne pensait plus revoir vivant. Le corps sans vie allongé sur le sol a le ventre ouvert. Tous les organes sans exception ont disparu, la tête est vide certainement. Il ne reste plus que l'ossature et la peau.

Toutes ces visions d'horreur que nous devons encaisser n'arrangent en rien la situation, c'est un poids supplémentaire qu'il faut supporter. Le mot « cauchemar » semble perdre tout son sens, dans ce calvaire. C'est un doux euphémisme. L'univers entier nous parait être sens dessus dessous. Le monde ne tourne plus rond ; une créature venue d'un autre monde se promène, tue des êtres humains. Des cris sordides inconnus de l'homme se font entendre, se déchaînent et accompagnent cet être abominable. Que s'est-il passé pour en arriver là ? Qui est la femme ? Elle ne venait pas de nulle part ? Alors qui était-elle avant de devenir ce monstre ? Qu'elle vie avait-elle ? Ce ne peut être une invention ou le fruit d'une erreur ! Je me pose ces questions, parce que je pense que rien ni personne ne peut créer ce genre de créature. C'est impossible, cela ne vient pas de cette belle nature mais plutôt de ce que l'homme a de plus laid ; de ce qu'il a de plus épouvantable, de ce qu'il est capable de faire en termes de cruauté. Je ne vois pas d'autres explications. Tout s'embrouille dans ma tête, j'ai besoin de réponse, mais je suis incapable de mettre des idées les uns derrières les autres, avec une certaine cohérence. Tout ce qui se présente devant mes yeux, dans ce lieu terrifiant, anesthésie mon cerveau, le paralyse. Comment comprendre cette violence sadique ?

Alors que nous nous apprêtons à délivrer Claude, la femme fait irruption. Elle doit sentir notre présence, regarde tout autour. Puis son regard s'arrête dans notre direction. Elle a du flair, la garce. Elle nous fixe longuement avec ses yeux toujours exorbités et comme à chaque fois, mon sang se glace. Les sourcils froncés, elle ouvre la bouche qui se tord dans un sens et dans l'autre, avec lenteur. Elle semble vouloir dire quelque chose mais rien, aucun son. C'est un être répugnant, tout autant que le corps sans vie. L'expression de son visage change quand elle comprend que nous voulons libérer son prisonnier. Le hurlement qui suit semble si proche, qu'il nous transperce les tympans. La douleur nous oblige à nous éloigner entre les arbres. Bizarrement, je me sens plus fort à cet instant, aller comprendre ! Mon humeur oscille entre désespoir et courage. J'ai très souvent envie d'abandonner, mais à cette occasion je ressens de la haine ; ce sentiment qui fait ressortir en vous, ce que vous avez de plus mauvais, de plus vil. Mais c'est aussi ; celui qui peut vous aider à tenir le coup, à supporter l'insupportable… Nous en sommes toujours au même point, perdus dans cet endroit sinistre qui nous veut du mal, avec cette créature sortie des ténèbres.

Á chaque apparition, il y a un silence impressionnant et une atmosphère pesante. C'est une des choses les plus difficiles à décrire ; les animaux se font petits. Malgré tout, nous ne voulons pas laisser notre camarade, l'abandonner encore une fois serait un crime. Nous nous approchons à nouveau, quelques mètres nous séparent de lui. Nous attendons que la femme sans tête s'écarte pour nous laisser le champ libre. Mais la scène qui va se dérouler devant nous s'ajoutera à notre liste déjà bien longue de traumatismes, jusqu'à la fin de nos jours. Nous sommes malgré nous, les spectateurs du théâtre de l'abomination…

Nous patientons toujours entre les arbres. La femme prend sa tête entre ses mains, l'approche de l'arbre, ouvre la bouche et en mord l'écorce. Pendant plusieurs minutes, avec acharnement elle aiguise ses dents. Elle les affûte afin de pouvoir déchiqueter la chair de ses victimes. Puis avant de s'asseoir, pose sa tête à côté d'elle, le visage tourné vers Claude. Mais que fait-elle ? Il y a un silence pesant. Dans cette immense forêt, rien ne bouge, la créature règne en maître ! Pendant de longues minutes, la femme reste immobile, assise sur une pierre. Elle sait que nous attendons, planqués derrière les arbres. Nous l'observons, attentifs et bien réveillés.

Chapitre 9

La journée est passée, sans que nous nous en rendions compte, tellement obsédés par l'envie d'en finir. Elle parait pourtant interminable. Cette notion du temps contradictoire nous déstabilise. Dans ce lieu particulier, nos cerveaux ne fonctionnent plus normalement. Rien n'est normal de toute façon. Pierre et moi avons du mal à réfléchir et à comprendre ce que cette créature attend ! Quoi ? Elle veut attirer notre attention ? Elle veut tester notre intelligence ? Elle a peut-être de l'humour !

— D'après toi Sébastien, qu'est-ce qu'elle attend ? Demande Pierre.

— J'avoue que je suis un peu perdu là ! Je ne sais pas ce qu'elle attend !

— Tu devrais t'avancer et aller lui poser la question, dis-je doucement

— Pourquoi Claude est encore en vie ? Et pourquoi tu n'irais pas toi, gros malin ?

— La ferme ! Elle bouge !

La créature se lève, laissant sa tête sur le sol, toujours tournée vers sa proie. Elle prend une grosse pierre, un peu plus loin, attrape les cheveux de Claude qui vient de se réveiller et lui assène un violent coup derrière la tête. Elle l'y enfouit sa main droite à l'intérieur et en sort, je ne sais comment, le cerveau tout entier. Je mets mon poing sur la bouche pour ne pas crier de dégoût, nous sommes pétrifiés, toujours surpris par cette violence aveugle. Le crâne est béant. La femme reprend sa tête qu'elle replace nonchalamment sous son bras gauche. Elle fait quelques mètres vers nous avec le cerveau dans l'autre main. Elle lève le bras dans notre direction, pour nous montrer ce qui adviendra de nous plus tard. C'est sa façon à elle de nous avertir. « Voilà ce que je vais vous faire ». Elle mord à pleine dent, ce qui semble être pour elle, un festin, passe sa langue sur sa bouche qui est rouge sang. Elle nous fixe longuement pendant son repas. Á son regard nous comprenons que c'est un régal, un avant-goût de ce qui va suivre.

Nous regardons la scène, choqués sans pouvoir bouger. Une fois fini, la créature retourne prés de Claude. Elle prend derrière l'arbre un bâton bien pointu, l'enfonce dans le ventre de sa victime. Avec une force insoupçonnable, elle l'ouvre de bas en haut, en retire un poumon et mord dedans. Je ne peux me retenir, je vomis le peu qui reste dans mon estomac. Pierre s'est assis plus loin, le dos collé à un arbre, les yeux fermés. Il ne veut plus voir. Il se sent trop mal. Sébastien semble hypnotisé par la sauvagerie de cette créature, sans être surpris. Il ne détourne pas son regard. Bien évidemment, il avait compris bien avant nous ce qu'elle faisait de ses victimes. Elle les veut éveillés, avant de leur donner le coup de grâce.

Le médecin toujours attentif envers ses patients, ne conçoit pas comment, dans ce lieu authentique, peut exister un être aussi abominable, dénué de tous sentiments, de toute compassion. Est-ce son moyen de survie ? Sûrement, elle a besoin de nourriture, la sienne est différente de la nôtre, voilà tout. Mais elle est morte, alors pourquoi ? C'est un autre monde, indompté, sans règle où le plus fort gagne ; c'est la loi de la jungle. La femme décapitée vide peu à peu, le ventre de sa victime, mange tout ce qui se trouve à l'intérieur. Comment peut-elle ingurgiter autant de nourriture ? Combien de proie lui faut-elle par jour, avant d'être rassasiée ? Seuls les êtres humains l'intéressent ou se tourne-t-elle aussi, vers les animaux quand elle est en mal de nourriture ? Pourquoi la mort a besoin d'une subsistance ? Que peut-elle lui apporter ? Des questions qui trouveront peut-être des réponses, un jour.

C'est la première fois que je vois ses dents pointues. Avec ses incisives et la force de ses mâchoires, elle est capable de déchiqueter n'importe quelle chair, comme un animal sauvage. Qui est-elle ? D'où vient-elle ? La bibliothèque de Sébastien est pleine de ces livres qui parlent de choses surnaturelles, incroyables, insoupçonnables. Je me ressaisis un peu et demande à Sébastien, en chuchotant :

— Tu n'as jamais trouvé d'article ou bouquin sur ce genre de chose ?

— Non je n'ai jamais rien lu ou entendu sur cette créature ou quelque chose qui s'en approche.

— Je n'y connais rien dis-je mais pour moi, elle vient du passé ; les traits de son visage, sa tunique, je me trompe peut-être, mais c'est ce que je crois. Il n'y a plus d'espoir de retrouver qui que ce soit vivant, j'en ai bien peur.

— Il faut l'éliminer, se débarrasser de cette chose, affirme Pierre qui revient vers nous. On ne pourra jamais s'en sortir sinon !

— Je suis d'accord avec toi.

— J'ai un doute sur les possibilités qui s'offrent à nous, réplique Sébastien, perplexe. Je n'y comprends rien, moi aussi ! Je suis dépassé par les événements.

— La garce, quelle fin malheureuse pour Claude et tous les autres ! S'énerve Pierre, le teint blême. J'aimerais l'attraper et lui arracher toutes ses dents à cette pourriture !

Une fois son repas terminé, la femme s'éloigne jetant un dernier coup d'œil en notre direction.

— C'était une grimace ou un sourire, ça ?

Pierre peste encore en disant ces mots, il en a assez et nous aussi. Nous sommes abattus et désemparés. Pendant de longues minutes nous sommes restés prostrés, ne sachant que faire. Nous n'avons pas le temps de penser à nos familles, la créature prend toute la place et toute notre énergie aussi. Comment se battre contre quelque chose que l'on ne connaît pas. Nous ne savons rien d'elle et ne pouvons pas risquer de la suivre, sans penser aux conséquences dramatiques que cela peut engendrer. De plus, elle parait infatigable, sans émotion contrairement à nous. Nous la retrouvons toujours sur notre route. Moins d'une heure après, nous reprenons la marche sans trop savoir où aller. Nous déambulons au hasard, sans boussole. C'est toujours le même décor ; des fougères, des arbres immenses qui ne laissent aucune chance aux rayons de soleil de traverser les branches. Je me dis qu'ils sont peut-être de connivence avec la créature, qu'ils sont là, pour que l'on soit toujours dans l'obscurité. Je deviens paranoïaque, je crois. Nous sommes toujours dans l'ombre, et ce manque de lumière, ne nous aide pas à garder le moral. Qui a bien pu donner ce nom à cette forêt ? La forêt de l'Ombre !...

Nous avons parcouru une longue distance et éprouvons le besoin de s'arrêter un peu. Pendant notre courte pause, nous entendons un bruit inhabituel. Au départ, personne n'y prête attention, nous sommes silencieux, chacun dans ses pensées. Puis, à nouveau des chuchotements, à peine perceptibles. Intrigués, nous nous redressons pour essayer de les localiser. Machinalement, je lève la tête et distingue en haut d'un arbre, deux hommes sur les branches. Je pousse un cri dans leur direction et leur fais signe de descendre. Sébastien et Pierre font de même, pour les encourager. D'abord sans réaction, les hommes se décident à parler :

— Qui êtes-vous ?

— Nous sommes perdus. Je m'appelle Adrien, lui c'est Sébastien et là c'est Pierre. Comment vous appelez-vous ?

— Je m'appelle Franck et lui c'est Serge.

— Vous devriez descendre leur suggère, Pierre.

— Vous n'êtes pas bien haut, si vous avez pu grimper dans cet arbre, vous pouvez redescendre. Vous ne pouvez pas rester là éternellement, dit Sébastien. Prenez appui sur des branches solides. Faites un effort. On ne va pas pouvoir rester longtemps ici, alors si vous ne voulez pas mourir sur cet arbre, vous n'avez pas le choix.

Franck et Serge descendent. Ils ont les mains en sang et le corps écorché un peu partout. Ils sont sur l'arbre depuis deux jours, enfin ils n'en sont pas très sûrs. Ils ont mis un moment avant de nous expliquer ce qui les a amenés ici. C'est toujours Franck qui parle. L'autre ne dit pas un mot, il semble être en état de choc.

— Nous avons appris que des amis sont en vacances au village et qu'ils ont décidé de faire une sortie dans le bois. Nous voulions leur faire une surprise, mais on ne s'attendait pas à ce que ce soit aussi compliqué. Quand nous avons réalisé que c'était une folie de continuer, …et…cette…femme, était là, nous avons couru dans le sens inverse et nous nous sommes perdus. Je n'ai jamais rien vu d'aussi repoussant ! Nous ne savions plus de quel côté aller, et avec la peur, nous n'avons pas réfléchi. Un peu plus tard, nous avons vu un homme attaché à un arbre, nous pensions que c'était notre ami mais c'était quelqu'un que l'on ne connait pas. La créature a vidé le corps de l'homme et….

À cet instant, Serge a un malaise, il tombe à genou, il n'a plus de force. Nous obligeons les deux hommes à grignoter un peu. Il est indispensable de reprendre des forces et nous ne pouvons pas nous éterniser dans cet endroit. Il est impératif d'avancer coûte que coûte. L'air est encore chargé d'humidité. Nous sommes tous bien couverts, mais plus fragiles, nous avons du mal à supporter le changement de températures à chaque fois. La lassitude et la fatigue n'arrangent rien. Nous crapahutons en silence, regardant tout autour de nous quand nous entendons le cri perçant. Figés par la peur, nous nous arrêtons. Serge est pris de panique :

— La voilà, elle arrive…

— Hey calmez-vous, lui dit Sébastien doucement, respirez lentement, respirez, respirez, voilà c'est ça. On reste ensemble, pas question de se disperser, d'accord ? Calmez-vous, nous sommes tous sur les nerfs, mais nous ne devons pas paniquer, au contraire, il faut garder le contrôle. On finira bien par trouver une solution. Respirez !

— Oui, c'est stressant, mais la peur ne doit pas nous paralyser, dis-je simplement.

— En ce qui me concerne, je suis tétanisé, je sens que je ne vais pas tarder à vomir ! Ce truc me répugne !

— Cette…chose a une force hors du commun finit par dire Franck. Il n'y a peut-être aucun moyen de s'en débarrasser. Je ne veux pas vous décourager, mais j'ai vu ce qu'elle fait à ses victimes et je préfère mourir de faim et de soif sur un arbre, plutôt que de lui servir de repas. C'est qu'elle préfère sa proie bien éveillée vous savez ?

— Oui nous savons tout ça rétorque Sébastien, mais nous devons continuer et ne pas baisser les bras, c'est compris ? On ne doit pas laisser notre aversion envers elle, nous déstabiliser. On trouvera bien une solution, il faut garder espoir ! Et il n'est pas question que je finisse ma vie de cette manière, ce n'est pas dans mes projets. J'ai encore plein de trucs à faire et vous aussi je suis sûr….

Chapitre 10

Pierre fait quelques pas et vomit encore, il ne reste pas grand-chose dans son estomac. Il très pâle et fragilisé, bien plus que Sébastien et moi. La pluie recommence à tomber. Par endroit, des éclairs barrent le ciel, ce qui enlaidit dame nature. Ils ne lui rendent pas justice, elle si belle et flamboyante dans la lumière du jour, quand le soleil est présent. Nous avons froid, mais sentir l'eau sur nos visages nous fait du bien malgré tout. On en profite pour remplir toutes les gourdes à nouveau. Nous nous trainons pour avancer, nous sommes éreintés par tous ces kilomètres parcourus. La tension et le stress nous rongent peu à peu. Après une longue marche, nous trouvons un petit abri en bois. À l'intérieur, l'herbe et les feuillages ont investi les lieux. Ce n'est pas la femme avec sa tête sous le bras qui l'a bâti, tout comme la cabane. Elle n'a visiblement, pas besoin de repos. Elle doit errer jours et nuit sans relâche, infatigable.

Nous décidons de nous mettre à l'abri. Nous grignotons un peu pour reprendre des forces. Pierre se sent mal et découragé, il a perdu espoir. Il ne croit pas que nous nous en sortirons. Ce n'est pourtant pas dans son caractère. C'est une personne robuste et optimiste en général. Mais l'exténuation et le stress grignotent petit à petit toutes ses forces, à moi aussi d'ailleurs. Je n'ai sans doute pas bonne mine et Sébastien bien que plus résistant dans cette situation, a les yeux cernés et les joues plus creuses. Les poils petit à petit recouvrent nos visages. Si nos familles nous voyaient dans cet état, elles prendraient peur sûrement. Mais l'abattement ne doit pas nous gagner, nous devons rester forts. C'est dans l'adversité que l'on peut se rendre compte de ses réelles capacités. Malheureusement, nous ne pouvons plus rien pour Claude, mais nous devons sauver notre peau. Nous n'avons pas d'autre alternative, se battre ou se laisser mourir. J'ai peur, mais j'ai du mal à garder les yeux ouverts et ma tête de temps à autre tombe en arrière.

— Écoutez, nous sommes visiblement trop fatigués pour continuer comme ça. Allongez-vous, comme vous pouvez, dormez, moi je reste éveiller pour surveiller. Il faut reprendre des forces, retrouver un peu d'énergie si on veut continuer à avancer. Ce n'est pas en étant épuisés que l'on y arrivera.

— Tu dois te reposer, toi aussi Sébastien.

— Et bien, la prochaine fois, c'est toi qui surveilleras et moi, je dormirai !

Sébastien n'a pas fini sa phrase que Pierre dort déjà. J'ai de la peine de le voir comme ça. Malgré mon entêtement à vouloir rester éveillé, je finis moi aussi par m'endormir…

Quand je me réveille, il fait déjà sombre. J'aime sentir l'odeur de la terre mélangée à la végétation après la pluie, en générale. Mais les circonstances font que je n'apprécie plus rien ! Autour de nous, nous entendons les feuilles des arbres frémir et des bruits furtifs. C'est un bon présage ça, car la femme fait fuir tous les habitants légitimes dans cette jungle. Même les oiseaux vont et viennent dans le ciel. J'ai l'espoir d'une fin heureuse, je n'en suis pas sûr mais je veux y croire. Il ne peut en être autrement. Je n'apprécie toujours pas cette forêt la nuit, bien au contraire, l'atmosphère qui y règne m'oppresse de plus en plus. La lumière des lampes ne fait qu'accroître mon désamour pour cette nature car sa physionomie devient disgracieuse à mes yeux.

Nous marchons sans dire un mot, toujours sur le qui-vive. Puis le silence qui suit, est saisissant. Très attentifs, nous regardons autour de nous quand des cris humains cette fois, retentissent plus loin. Nous nous approchons plus près pour voir ce qu'il se passe. Attachée à un arbre, une femme pousse des hurlements. La créature ne doit pas être bien loin. Puis rapidement nous l'apercevons ; c'est en marchant nonchalamment que la femme avec la tête sous le bras apparait derrière les arbres. Elle se poste un instant devant sa nouvelle victime sans bouger. Elle touche avec curiosité les vêtements de la prisonnière, elle les analyse pendant un moment. Sa proie est une femme comme elle ! C'est la réflexion que je me fais, dans mon for intérieur. Intriguée par son allure, elle la jauge des pieds à la tête. Nous ne pouvons pas voir son regard effrayant de là où nous sommes. Puis elle fait le tour de l'arbre et observe encore un moment celle qui, de toute évidence, sera son nouveau repas. Elle prend son temps, semble savourer l'instant. Et comme à chaque fois, nous restons prostrés, incapables de bouger. C'est une sensation bizarre. C'est peut-être la femme de Claude attachée à l'arbre qui pousse des cris de terreur, sans interruption. De là où nous sommes, nous pouvons distinguer le profil hideux de sa tortionnaire. La créature se place devant la victime et lui arrache ses vêtements. Puis elle enfonce sa main dans la bouche avec brutalité et lui arrache la langue qu'elle mange aussitôt. Une fois avalée, elle ouvre le ventre à l'aide d'un bâton et fait tomber tous les organes et viscères sur le sol puis, assise, mange le tout, goulûment. Elle semble affamée, comme quelqu'un qui n'a rien mangé depuis des jours. Que lui faut-il pour être rassasiée ? Combien de proie par jour, doit passer entre ses griffes ? Elle prend une pierre assez grosse pour fracasser le crâne de sa proie. Elle sort le cerveau et le déguste lui aussi avec une grande gourmandise. Elle a du sang plein la bouche, ainsi que sur ses mains qu'elle lèche avidement. Elle ne veut rien laisser, ne rien perdre de son repas.

Une fois terminé, la créature décapitée, repart sans précipitation. J'ai l'impression qu'elle marche au ralenti.

Cette scène d'horreur se répète devant nous, impuissants. Nous sommes face à une femme qui a tout d'une bête sauvage. Comment oublier ces visions ? Est-il possible de continuer à vivre normalement après avoir vécus ces expériences douloureuses. Aucun de nous n'ouvre la bouche. Nous restons là, à regarder sans broncher le théâtre de l'horreur, pris entre la culpabilité de n'avoir rien pu faire, le dégoût et la peur. Combien de temps ce cauchemar va encore durer ? Serge, le regard fixe, est incapable de maîtriser les tremblements qui parcourent tout son corps. Comment ne pas le comprendre ? Comment un être humain digne de ce nom, peut ressentir de l'inférence devant des scènes aussi répugnantes.

On laisse un peu de soi, un bout de sa personne à chaque fois...

La notion du temps a complètement disparue. Au cours de notre longue marche, nous trouvons des squelettes humains éparpillés çà et là, plus loin, des crânes. Nous arrivons enfin à une petite clairière après un long, très long parcours. Nous nous accordons un peu de repos dans ce lieu qui nous parait si clair. Le soleil nous fait du bien à tous. Il est tellement rare de trouver des endroits comme celui-là. Nous avons besoin de nous poser mais nous sommes toujours sur le qui-vive. Nos nouveaux camarades ne sont pas très bavards, ils se laissent diriger sans rien à redire. Être en groupe fait moins peur, entouré, les choses sont plus supportables. Nous devons nous soutenir mutuellement. Dans mon for intérieur je me dis que cela ne peut pas durer. Il faut une fin à tout cela. C'est une tragédie, des personnes ont péri brutalement, entre les mains d'un monstre. Nous devons trouver une solution. Avoir un projet, un horizon, nous aiderait à tenir, j'en suis convaincu. Je le soumets à mes amis :

— On ne peut pas continuer comme ça. Nous devons réfléchir, avoir des perspectives d'avenir. Marcher c'est bien mais réfléchir c'est mieux.

— Notre but est de retrouver la rivière, réplique Sébastien. Nous n'avons aucun repère, sauf celui-là !

— Je ne suis pas d'accord ! Avec l'autre, la garce qui ne nous lâche pas, ça risque d'être difficile. De plus, on ne marche peut-être pas dans la bonne direction. Honnêtement je ne suis pas sûr de pouvoir continuer comme ça. Je crois, qu'Adrien à raison. Nous devrions élaborer un plan. En ce qui me concerne, ça me donnerait un peu de courage ! Alors tu vas arrêter avec ta rivière, parce que là, tu m'emmerdes !

— Tout d'abord, tu vas te calmer et me parler sur un autre ton, si tu ne veux pas que je t'en colle une.

— Et bien, je t'attends, viens m'en mettre une ! Tu ne l'as pas vue venir, celle-là, avec sa tête sous le bras, Monsieur l'amoureux des choses étranges ! Tu dois l'aimer cette créature ! Tu veux m'en coller une, viens je suis prêt !

Pierre se lève péniblement et manque de tomber à chaque pas. Quand Sébastien s'approche de lui, il essaie de lui envoyer un coup de poing, mais au lieu de ça, tombe dans ses bras. Pierre est faible mais agressif, il perd patience et est de plus en plus nerveux. Nous sommes des amis de longue date mais la situation est telle, qu'à la moindre occasion nous nous disputons, jusqu'à nous battre. Franck et Serge nous écoutent. Leurs regards passent de l'un à l'autre. Ils ne prennent aucune part à la conversation ; ils ne nous connaissent pas et semblent être totalement déconnectés, traumatisés, inaptes à prendre la moindre décision. Un peu plus loin, nous entendons des branches craquer. Nous nous levons prêts à courir. Nous sommes tendus, les nerfs à fleur de peau. Un groupe de trois personnes fait son apparition, des jeunes gens perdus, eux aussi.

— Bonjour, nous sommes contents de vous voir. On s'est perdu. Heu... je m'appelle Lucas. On cherche la sortie depuis ce matin dans cette foutue forêt ! Je ne comprends pas, on s'est à peine éloigné. Il y a tellement d'arbres, ils se ressemblent tous, pour s'orienter, ce n'est pas commode. Nous voulons rentrer au village mais...

— Bien venu au club, l'interrompe Pierre.

— Vous avez vu la femme ? demande Sébastien.

— Une femme ? Quelle femme ?

— Vous n'avez croisé personne ? La créature, vous ne l'avez pas vue ?

— Écoutez, je ne sais pas de qui vous voulez parler. Nous avons entendu un cri bizarre qui fait froid dans le dos, mais nous n'avons croisé personne.

— Ce sont tes amis avec toi, je suppose ? Je m'appelle Sébastien. Il y a le grincheux là Pierre, Adrien et nos deux nouveaux camarades rencontrés dans la forêt, perdus eux aussi, Franck et Serge.

— Ah ben, enchanté ! Mes deux amis, Florian, Hugo. C'est qui cette femme dont vous parlez ?

— Et bien… c'est plutôt une créature, …elle se balade avec sa tête sous le bras. Oui je sais c'est difficile à croire mais c'est la vérité. C'est elle que vous avez entendue, elle est très dangereuse, dis-je.

— C'est quoi cette embrouille ? Hey Lucas, viens on dégage, on trouvera la sortie sans eux. On retourne sur nos pas, j'ai l'impression qu'on s'éloigne. Aller, viens je te dis.

— Non ne partez pas, je vous conseille fortement de rester avec nous !

— Laisse tomber Sébastien, ils ne t'écoutent pas.

Les trois jeunes gens ne veulent rien entendre. Ils partent en riant, nous prenant pour des fous ou je ne sais quoi d'autre. Nous décidons de continuer notre route. Le trio n'est pas loin devant nous. Les garçons n'ont pas l'air inquiet. Il nous reste encore un peu de nourriture, il faut tenir le coup. Mes amis et moi avons dans nos sacs à dos, quelques barres de céréales et des petits gâteaux secs. Ce n'est certes pas énorme ! Comment allons-nous faire pour tenir avec ça ? Nous ne savons pas combien de temps ce calvaire va durer.

Il fait nuit, pas un bruit, sauf les craquements sous nos pas qui semblent amplifiés dans le silence. Même les jeunes se font silencieux. Attentifs, nous scrutons les arbres, le moindre frémissement nous effraie. Puis, sans préambule, le cri de la créature retentit, ce hurlement qui nous avertit du prochain acte barbare. J'ai le souffle court, les battements de mon cœur trop rapides me donnent la nausée. Plus loin, c'est la voix d'un homme qui résonne. La sanguinaire se faufile entre les arbres, trainant un corps par les cheveux. Incapable de maitriser les tremblements, Serge ne peut s'empêcher de sangloter, il est terrifié. La créature s'arrête, fait quelques pas en notre direction, sans lâcher sa nouvelle victime. Elle nous montre sa proie et nous observe pendant quelques secondes, la bouche ouverte. Son regard est si effrayant, qu'il nous paralyse. Elle avance encore de quelques pas vers nous et ouvre plus grand encore ses yeux exorbités. Instinctivement, nous reculons tous en même temps. Nous éprouvons de l'exécration pour ce corps, cette tête. Puis elle se retourne et continue sa route toujours sans se presser.

La personne qu'elle tient par les cheveux est un des jeunes, mais nous ne savons pas lequel. Il a dû s'évanouir, car il ne crie plus. Serge à côté de moi, n'en finit pas de trembler, il est littéralement tétanisé, ne dit pas un mot. Derrière nous, Pierre appuyé contre un arbre, évite de regarder cette créature pour laquelle il éprouve une aversion grandissante. Il faut maitriser nos nerfs, nos angoisses, supporter les visions plus abjectes les unes que les autres. Combattre l'épuisement, garder le contrôle à tout moment. Le cri perçant se fait entendre de plus belle. Nous nous arrêtons, Pierre n'est pas en état de continuer. Nous sommes au milieu des grands arbres ; eux aussi se liguent contre nous. Ils me donnent l'impression de nous regarder de haut, avec un air menaçant. Avec l'aide de Sébastien, nous soutenons Pierre.

— Aller mon lapin, il faut tenir le coup déclare Sébastien.

Serge a du mal à avancer ; il est comme un enfant. Franck s'occupe de lui comme il peut ; chacun aide à sa manière. Nous entendons courir au loin, des cris, résonnent. L'atmosphère dans ce bois est extrêmement angoissante. Nous avançons tout doucement, dans un endroit un peu clairsemé, la créature est là. La victime attachée à un arbre, la tête en bas. Le prisonnier pleure, pousse des cris, remue dans tous les sens.

— Au secours, à l'aide, je vous en prie, aidez-moi ! Au secours ! Ne me laissez pas là, au secours !

Impossible de reconnaitre son visage de là où nous sommes. La femme enfonce un bâton dans le ventre et le vide. Elle prend un organe qu'elle mange sans attendre. Habituellement, rien ne peut l'arrêter, elle ne laisse aucune nourriture, tout disparait, mais cette fois, elle laisse sa proie. Le reste peut attendre, personne ne viendra lui prendre.

Décidemment cette créature est difficile à cerner, on ne peut se fier à quoi que ce soit, elle est changeante. Elle entend certainement nos pas car elle s'approche et surgit en poussant un hurlement si fort que Sébastien, surpris, tombe en arrière en reculant, puis se relève immédiatement. Elle se place en face de nous, imperturbable, elle nous observe. Sa bouche ouverte est rouge du sang du jeune homme qu'elle vient de tuer. Elle avance, très lentement puis petit à petit accélère le pas. Notre mécanisme de défense est de courir, s'éloigner d'elle. Sébastien et moi, chacun d'un côté, devons soutenir Pierre. Il n'y arriverait pas tout seul, il est trop mal en point. Tous les vomissements, le manque d'appétit, l'ont affaibli considérablement. Haletants, nous détalons le plus rapidement possible, sans nous retourner. Serge est trop essoufflé pour arriver à suivre, il trébuche plusieurs fois et finit par tomber de tout son poids, ses pieds coincés sous une branche feuillue. Franck essaie de le relever, mais il repart aussitôt, la créature est trop près Le cri résonne à nouveau, mais nous continuons à courir. Ce cauchemar semble sans fin. Jusqu'à quand allons-nous cavaler comme des dératés ? Combien de temps pourrons-nous tenir, dans l'angoisse, la peur et l'errance, au milieu de cet enfer ? Trop fatigués nous devons faire une pause. Il nous est impossible de crapahuter des kilomètres sans s'arrêter un peu. Pauvre Serge, lui aussi est entre les mains de cette créature. Nous n'avons aucun doute là-dessus.

— Partez et laissez-moi là ! Je n'y arriverai pas, je me sens trop mal, déclare Pierre.

— Écoute, il n'est pas question que l'on continue sans toi, tu as compris ? L'autre a eu sa ration pour le moment, ce qui va nous permettre d'être tranquilles un petit moment ; et tu peux me croire, ça me dégoute de dire ça, mais il faut en profiter, alors nous allons avancer encore un peu et se reposer plus tard.

— Je suis entièrement d'accord avec Sébastien, s'il le faut je te porterai sur mon dos, dis-je.

Il n'est effectivement pas question que l'un d'entre nous ne s'en sorte pas. Nous sommes arrivés ensemble dans cette forêt de malheur, nous repartirons ensemble. Je ne peux imaginer la suite s'il devait en manquer un. On se connait depuis si longtemps ! Plus tard, nous nous sommes arrêtés pour reprendre notre souffle et même si Pierre n'a aucun appétit, nous le forçons à se nourrir un peu. Il a beaucoup maigri, il ne garde rien de ce qu'il mange. Franck ne dit pas un mot, il reste dans un mutisme complet, j'essaie de le faire parler un peu :

— Franck, tu tiens le coup ? Tu veux une barre de céréale, ce n'est pas génial mais c'est dans ces circonstances... Comment tu te sens ?

— On n'y arrivera pas, c'est un véritable labyrinthe ici. On va finir comme Serge. On l'a abandonné ! JE l'ai abandonné, je suis un monstre moi aussi. J'ai sauvé ma peau et lui, je l'ai laissé entre les mains de cette...abomination !

— Non, tu n'es certainement pas un monstre, tu es humain, tu ne pouvais rien faire pour le sauver. Elle t'aurait tué toi aussi si tu étais resté. C'est dur Franck, je ne te dirai pas le contraire, mais il y a eu bien assez de victime comme ça. Cette créature...est tellement déstabilisante, on n'a jamais rien vu de semblable. On fait ce qu'on peut Franck, nous n'avons pas d'autre choix. Tu dois tout faire pour t'en sortir, tu comprends ?

— Tu me dis ça Adrien, mais tu laisserais un de tes amis ? Pierre, vous ne voulez pas le laisser, lui ?

— Non. On ne veut laisser personne, on se bat comme on peut. On fera tout pour te protéger toi aussi, mais on a que deux bras, alors tu dois tenir le coup et faire attention. On reste ensemble et on va tout faire pour se sortir de ce guêpier, d'accord ?

Il a raison, je lui réponds ce qui me vient en tête sans trop réfléchir, mais si je dois faire un choix entre lui et un de mes amis, je le ferai même si ça doit me coûter. Mais je suis sincère quand je dis qu'on le protègera lui aussi. Serge était déboussolé, comment faire pour le sortir de là. C'était un poids mort, tout comme Claude. Il aurait été incapable de se lever et continuer, j'en suis quasiment certain. Pierre mange tout doucement sa barre de céréale, qu'il ne rejette pas. C'est une bonne chose, pas suffisant bien sûr, mais il faut rester positif pour le bien de tous. Communiquer des ondes négatives n'aiderait personne. Se soutenir coûte que coûte malgré les difficultés.

Chapitre 11

Le jour se lève tout doucement, cette nuit a été éprouvante. Nous avons perdu encore un camarade. Nous le connaissions à peine, mais c'est toujours difficile à supporter. La violence à laquelle nous sommes confrontés est dure à vivre. Bien sûr, par moment je me sens las, j'ai l'impression d'avoir perdu toute mon énergie. J'aime les sports de combat que je pratique depuis de nombreuses années, mais cette bataille est différente ; nous devons nous battre contre quelque chose qui n'a plus rien d'humain.

— On devrait se remettre en route tout de suite avant que l'appétit lui revienne à l'autre, déclare Sébastien.

Nous reprenons la route. Les arbres ne laissent pas les rayons du soleil arriver jusqu'à nous. Mais il fait jour, nous sommes toujours dans l'ombre, mais on peut voir plus facilement ce qui se trouve autour. La plupart des troncs sont si énormes, ils doivent être plusieurs fois centenaires. J'ai toujours l'impression que quelqu'un va apparaitre derrière l'un d'eux. D'autres semblent toucher le ciel tellement ils sont hauts. Personne ne parle, nous sommes à l'affût du moindre bruit. Même nos propres pas nous surprennent et nous font peur, nous sommes sous tension permanente. Nous marchons mais nous sommes quand même essoufflés à cause des mauvais pressentiments quasi permanents. Par moment, j'ai l'impression que mon cœur va sortir de ma poitrine. Nous devons soutenir Pierre pour être sûrs qu'il suive. Nous trouvons un endroit un peu dégagé pour faire une pause.

— Je me demande où sont les autres jeunes gens finit par dire Sébastien et il te reste combien de barre de céréales ou de petits gâteaux à toi Adrien ?

— Il ne me reste que quatre barres et un paquet de gâteaux. On ne mange pas beaucoup finalement, sinon il ne resterait plus rien depuis longtemps. Et on doit économiser un peu pour tenir le coup.

— Le prochain lapin que je vois, je lui fais sa fête.

— Jusqu'à aujourd'hui, nous n'avons vu aucun animal !

Nous avons bien avancé. Est-ce la bonne route, ça c'est une autre histoire. Ce dédale semble identique partout. Rien ne se différencie du reste. Nous trouvons des aires un peu dégagées, mais pas aussi souvent que l'on aurait voulu. S'asseoir en plein milieu des arbres n'est pas confortable du tout ; ils sont prêts les uns des autres ce qui ne nous permet pas d'avoir une très bonne visibilité. Nous décidons de nous reposer un peu. Après avoir grignoter un peu, Pierre s'allonge et s'endort presque aussitôt. Par moment, il se réveille en sursaut, sûr d'avoir entendu un bruit suspect. Mais dans un moment de lucidité :

— J'ai appris, il y n'y a pas longtemps que la mousse indique le nord. On pourrait peut-être se pencher là-dessus non ?

— C'est effectivement une information intéressante Pierre, mais sans vouloir te décourager, il y en a partout. « La forêt de l'Ombre » porte bien son nom ! Nous sommes dans l'obscurité la plupart du temps.

— Bon alors, je propose que l'on trouve une autre solution. Tu es d'accord avec moi Adrien pour dire que Sébastien se focalise sur la rivière, moi je pense qu'il faut avoir un plan qui tienne la route. On ne doit pas se louper c'est sûr, mais on ne peut pas continuer comme ça. J'ai envie de prendre une douche, de boire un café et surtout j'ai envie de me débarrasser de cette garce immonde et je n'en peux plus de cette maudite forêt. Je n'en peux plus Sébastien, si on ne trouve pas une solution et vite, je baisse les armes.

— Tu as probablement raison, alors qu'est-ce que tu proposes ?

— Je n'ai pas dit que j'ai la solution, j'ai dit que l'on devrait trouver un moyen de se sortir de cet enfer. Et puis c'est quand même toi le spécialiste de l'étrange non ? Nous sommes quatre, enfin trois et demi. Oui, je ne suis pas certain d'être d'une grande aide, bien que je me sente un petit peu mieux. Mais je préfère vous avertir au cas où un de vous aurez une brillante idée. Creusez-vous la tête, toi aussi Franck, tu n'es pas exempté.

— OK, je vais y réfléchir, mais je ne suis pas certain qu'il y ait vraiment une solution. La seule est de retrouver la sortie, c'est tout ce que j'ai à proposer. Désolé, je ne suis pas en état moi aussi.

— Qu'est-ce que tu fais dans la vie Franck quand tu n'es pas perdu dans les bois ? Demande Sébastien.

— Bien…vous allez me détester…

— C'est-à-dire ?

— Je suis contrôleur des impôts !

Pendant une petite minute, personne ne réplique. Personnellement je trouve que Franck n'a pas la tête de l'emploi. Faut-il avoir une tête spéciale pour ce job ?

— Bon ben, on sait maintenant qui est le prochain sur la liste, quand la tordue refera son apparition ! Déclare Pierre.

Nous éclatons de rire, tous ensemble. Quelques petites secondes d'insouciance nous font du bien. Cela fait longtemps, que nous n'avons pas eu d'occasion pour penser un peu à autre chose.

— Bon et vous qu'est-ce que vous faites dans la vie ?

— Pierre et moi sommes dentistes mais pas dans le même cabinet, à Paris et Sébastien est médecin. On se connait depuis que nous sommes gamins.

— Oui je m'en doute, vous avez l'air très proche. Avec Serge aussi, on se connaissait depuis un peu plus de vingt ans. Je me sens tellement mal de l'avoir laissé. Qu'est-ce que je vais dire à sa femme ? Que j'ai été lâche ? Que j'ai préféré sauver ma peau et le laisser entre les mains de cette créature ? Je ne sais pas si je m'en remettrai un jour.

— Écoute, répond Sébastien, tu es visiblement quelqu'un de bien. Et la femme de Serge te comprendra et ne t'en voudra pas. J'ai pris des photos, certaines ne sont pas bien claires parce que la situation, comme l'endroit, ne m'ont pas permis d'en faire des plus convenables. Mais si tu lui montres, elle pourra comprendre, …enfin je pense honnêtement qu'il vaut mieux éviter celle où l'on voit toute la cruauté dont cette créature a fait preuve.

— Oui tu as sûrement raison.

Après ce petit moment de calme qui nous a fait du bien à tous, nous nous remettons en chemin. Trouver les ressources au fond de nous, pour pouvoir tenir le coup est une chose qui devient de plus en plus difficile. Mais l'instinct de survie a ce truc qui nous permet d'avancer, qui nous empêche de nous laisser aller. Heureusement, sinon nous serions tous déjà morts à l'heure qui l'est. Certaines branches d'arbres nous coupent la route, nous devons soit les dégager, soit, passer ailleurs où il est plus facile de circuler. Jamais je n'aurais imaginé tomber dans ce piège infernal. Nous sommes sales, dans un état lamentable, nos barbes et nos cheveux ont poussé. Á chaque fois qu'il pleut, nous en profitons pour faire un brin de toilette, très succinct.

Puis nous entendons le cri, celui que l'on redoute toujours. Nous nous arrêtons pour regarder autour ne nous et voir si la créature est déjà là. Rien, personne, puis elle surgit de derrière un arbre. L'expression de son visage a encore changé. Elle doit avoir faim la garce. Elle avance vers nous, sans nous lâcher du regard. C'est une furie, elle fait peur à voir. Elle accélère le pas, nous devons courir encore et encore. C'est tout ce que nous sommes capables de faire. Nous sommes à bout de souffle mais elle ne nous permet pas de nous arrêter. Nous restons le plus près les uns des autres pour nous soutenir, s'il le faut. Pierre semble un peu mieux mais il est faible, nous devons souvent l'aider. Dans ces moments-là, nous ne pouvons réfléchir, calculer quel chemin prendre, nous courons pour sauver notre peau, c'est tout ce qui compte. Nous sommes incapables de nous défendre ; ce monstre est plus fort que nous, nous en sommes bien conscients. L'épreuve est difficile, nous n'osons pas nous retourner, nous avons peur de perdre du temps et nous préférons éviter de la regarder. Son allure générale, nous perturbe. Franck suit bien. Petit à petit, nous avons appris à le connaitre, le dialogue est plus facile maintenant. Qui sait, peut-être que sous de meilleurs auspices, il deviendra notre ami, si nous nous en sortons !...

Nous entendons le cri singulier, il n'est pas loin de nous, ce qui veut dire que la créature est tout près, elle aussi. Après une course effrénée, nous ralentissons, encore pantelants ! Nous avançons faisant le moins de bruit possible. C'est devenu une routine, nous devons nous faire tout petits.

La voix d'un homme résonne plus loin. C'est Lucas qui se sauve, mais la créature se jette sur lui, comme une bête enragée. Il hurle, nous regardons la scène sans savoir quoi faire. Le jeune homme essaie de ramper, mais elle le saisit par les pieds, puis les cheveux et le traine sur plusieurs mètres. Elle l'oblige à se mettre debout et le colle contre un arbre. Lucas se débat, essaie de se dégager, mais elle enfonce violemment sa main dans la bouche et lui arrache la langue. Scène à laquelle nous avons déjà assisté plusieurs fois, malheureusement. Nous nous éloignons tout doucement puis accélérons le pas pour mettre une plus longue distance entre la sanguinaire et nous. Notre déplacement dure plus de deux heures quand nous décidons de nous arrêter. Sans un mot, je ramasse des branches déjà au sol pour en faire des lances.

— Qu'est-ce que tu fais Adrien ?

— Tu as bien vu Sébastien, que Lucas n'avait rien pour se défendre, alors je pense que nous devons faire des lances, des pics. Je sais que cela ne servira à rien puisqu'elle est déjà morte, mais si le gamin avait eu quelque chose pour l'éloigner, il aurait peut-être pu se défendre. Il était tout seul, mais nous, nous sommes quatre, ça peut changer la donne.

— Tu n'as pas tort, ça peut effectivement nous aider, on peut toujours essayer, nous n'avons rien d'autre de toute façon.

Chapitre 12

Nous nous concentrons sur notre nouvel objectif. Faire des bâtons que l'on aiguise afin qu'ils soient très pointus. Nous avons choisi des branches ni trop épaisses, ni trop fines. Nous ne devons pas perdre de temps non plus, la femme peut arriver. Le fait d'être actifs, de se préparer à de nouvelles apparitions de la créature, me donne de l'espoir, et laisse entrevoir un dénouement heureux. Il est important de se projeter dans l'avenir et pour cela, nous devons réagir impérativement, car cette situation ne peut pas durer. Nous n'avons pas encore de plan précis, mais nous agissons ce qui engendre un regain de vitalité. Jusque-là nous étions des proies, il était urgent d'inverser la tendance.

La nuit arrive et avec elle, mes plus grosses angoisses. Je ne maîtrise plus trop mon stress, j'en suis incapable. Dans le noir, cette jungle est encore plus impressionnante. Elle nous malmène et nous enferme dans l'antre de la bête sauvage. La forêt est sa maison, elle la connait bien et nous, nous sommes ses prisonniers. Nous avons rebroussé chemin mais en bifurquant sur la droite, à cause de la créature qui nous avait obligés à courir dans l'autre sens. Nous voulions suivre le chemin que les jeunes gens avaient pris aussi, juste devant nous.

Il y a un silence de mort dans la nuit. Dans cette atmosphère étrange et lugubre, nos pas semblent lourds. Seule, notre respiration retentit dans ce calme qui n'a rien d'apaisant. Nous entendons au loin un hurlement sourd, comme celui qui nous paralyse la nuit, alors que nous sortons d'un cauchemar. Nous sommes à cet instant tétanisés, incapable de bouger nos membres, tout notre corps. Nous n'en pouvons plus, une halte s'impose. Pierre a une crise d'angoisse. Il suffoque, il n'arrive plus à respirer et sent des fourmis aux bouts des doigts.

— Essaie de contrôler ta respiration, plus tu respires vite et plus ce sera difficile pour te calmer et retrouver un rythme normal, conseille Sébastien.

— Non j'étouffe.

— Tu as l'impression d'étouffer, c'est très désagréable, je sais, mais concentre toi sur ta respiration…

Pierre finit tout doucement par se calmer. Il est impossible de se reposer dans cette noirceur, nous savons qu'il faut être prêt à déguerpir si la femme approche. Cette tête détachée de son corps est une vision étrange. Son cou semble être tranché récemment alors qu'il est clair que la créature déambule dans les bois depuis bien longtemps déjà. Cette nuit parait interminable ; nous avons mal partout, j'éprouve le besoin de m'allonger, mais ce n'est pas l'endroit, ni le moment idéal. Puis le jour s'est enfin levé, il nous faut continuer, tout en mangeant une barre de céréale. Nous nous trainons, déambulons entre les arbres, comme des âmes en peine. Aucun de nous n'a pu dormir, nous décidons qu'un temps de repos s'impose, mais il faut une place un peu plus confortable. Encore une demi-heure de marche à crapahuter et nous pouvons enfin nous poser, bien conscients du risque que nous prenons. Mais la fatigue est trop grande. Les arbres nous obligent quand même à nous mettre en travers.

Nous nous endormons malgré nous, rapidement. La peur, le stress, l'épuisement, plus rien ne suffit à rester éveiller. Nous avons lutté autant que nous le pouvions, mais il arrive un moment où le corps ne suit plus. Je ne pourrais dire combien de minutes ou d'heures se sont écoulées, mais c'est dans un sursaut que Sébastien se réveille, la femme est à quelques mètres ; elle se jette sur lui comme une bête enragée. Sébastien se défend, mais elle a une force incroyable. Elle tient la tête sous son bras gauche, mais une seule main lui suffit pour se battre. Franck et moi prenons nos lances que l'on enfonce dans le corps de la morte pour la dégager. Elle se débat dans tous les sens. Sébastien profite d'un court instant de liberté pour se lever rapidement mais, comme une furie saute sur lui à nouveau. Elle l'attrape par le cou qu'elle serre. Pierre arrive par derrière et sans réfléchir à ce qu'il fait, tire la tête de la femme par les cheveux en poussant un cri, mais il la lâche plus loin quand son regard croise le sien. Le corps abandonne Sébastien qui, à genou, les mains sur son cou, essaie de reprendre une bonne respiration. Il a le visage en sang. Nous l'aidons à se relever et partons le plus rapidement et le plus loin possible.

Nous sommes obligés de nous arrêter dans un coin où un tout petit périmètre est dégagé. Franck, courbé, les mains sur ses genoux, pleure. Le stress est de plus en plus difficile à maitriser. Je lui fais boire une petite gorgée d'eau qui commence à se faire rare. Pierre déchire son tee-shirt sous son pull qu'il humidifie et nettoie le visage de Sébastien. Dans le sac de ce dernier, il y a une petite bouteille en plastique de mercurochrome. Le médecin est maintenant le patient ; Pierre lui soigne les plaies du visage et des mains.

— Sébastien, il nous faut un plan dis-je encore essoufflé, si nous avions eu un plan, il aurait peut-être été plus facile de s'en débarrasser définitivement. Je me demande comment se fait-il qu'elle ait abandonné aussi vite. Elle aurait dû nous suivre ?

— Ta réflexion est sensée, je ne sais pas, je suis fatigué répond Sébastien qui ne se sent apparemment pas très bien. C'est peut-être que sa tête était trop loin par rapport à son corps. Bon c'est une idée comme une autre, je ne sais pas ; elle est imprévisible parfois.

— Adrien a raison rétorque Pierre, on ne peut pas continuer comme ça. On doit y réfléchir sérieusement. On a failli se faire avoir, on n'aura peut-être pas autant de chance la prochaine fois. Elle aurait pu te tuer Sébastien ! Adrien, tes lances n'étaient pas une si mauvaise idée. Les pics l'ont transpercée, mais elle est increvable…la morte. On ne s'est toujours pas débarrassé d'elle, mais au moins on a pu faire quelque chose. Et dire que j'ai touché ses cheveux, ça me dégoûte ! J'ai les jambes qui tremblent encore.

— Oui, je suis d'accord, il nous faut un plan et un bon parce que… c'est le diable cette femme !

— Le feu ! C'est la seule chose qui pourra nous en débarrasser, sinon je ne vois pas.

— Merde, Adrien ! Comment se fait-il qu'on n'y ait pas pensé avant ?

— Tu poses la question Sébastien ? Toi le spécialiste des choses bizarres ?

— Lâche moi tu veux…

Sébastien perd connaissance. Nous essayons de le réveiller, en vain. Pierre le couvre avec sa veste, quant à Franck et moi rassemblons du petit bois pour préparer un feu, nous ne devons pas perdre de temps. Il n'est pas question de détruire la forêt et ses habitants. C'est délicat, mais le seul moyen de se débarrasser de la meurtrière sanguinaire. Nous devons sauver nos vies, c'est la seule chose qui compte. Nous enlevons l'herbe, les brindilles qui jonchent le sol, pour n'avoir que de la terre. Nous trouvons difficilement des pierres que nous posons en cercle et au centre, du petit bois, des branches sèches pour faire du feu. Nous en ramassons le plus possible au cas où il faudrait l'alimenter encore. Nous fabriquons d'autres lances, il vaut mieux être prudents et ne pas être à court. Nous avons enfin un plan ce qui nous encourage et nous donne un regain d'énergie. Et être soudainement dans l'action, l'initiative, nous remonte un peu le moral.

Nous subissions jusque-là, incapables de réfléchir ; nous étions des proies. La seule chose que nous faisions c'était courir, se sauver rapidement.

Nous nous transformons maintenant en chasseur. Il faut lui tendre une embuscade, chose qui s'avère particulièrement difficile. Cette créature indomptable ne nous rend pas la tâche facile. Mais débarrassés alors de ce fardeau, nous serons plus sereins pour trouver la sortie. Cela n'a rien d'évident mais il nous reste encore un peu d'espoir et un soupçon de détermination. Ce qui venait de se passer, nous avait bien réveillés par la force des choses. Nous sommes maintenant tous les trois concentrés sur ce que nous faisons. Une énergie nouvelle s'empare de nous ; avoir un plan, un horizon, aide à lutter, à ne pas se laisser abattre. Sébastien ne s'est toujours pas réveillé et cela nous inquiète.

— Pourquoi il ne se réveille pas ? C'est celui qui tient le mieux depuis le début ! Je n'arrête pas de m'en prendre à lui alors qu'il n'y est pour rien ! Je suis vraiment un con !

— Moi aussi Pierre, je vous ai frappé à tous les deux. On évacue comme on peut sa colère, sa frustration.

— Comment va-t-on procéder pour la capturer ? demande Franck, il faut se préparer ? J'ai l'impression que j'en suis incapable, elle est tellement...enfin...

— ...tellement repoussante ! Tout est prêt. Quand elle arrivera, il faudra l'encercler, ce ne sera pas facile mais à trois, on doit pourvoir s'en sortir. Si nous arrivons à la maintenir au bout de nos lances, nous pourrons peut-être la mettre au feu. Elle a beaucoup de force, et elle nous impressionne encore. Il faudra dépasser tout ça, nous avons peur et nous sommes fatigués, mais nous n'avons plus le choix. On ne doit pas se louper, ça va être difficile, je ne vous apprends rien. Alors, gardons notre sang froid et tout ira bien, c'est ce que Sébastien nous dirait s'il était en état.

Sébastien le sportif, Sébastien le casse-cou, Sébastien le courageux ! Pas une fois il ne s'est plaint. Habitué aux choses que beaucoup n'ont jamais vues, il garde la tête froide jusqu'au bout. Je l'admire et j'espère pouvoir le lui dire. Nous l'avons taquiné de nombreuses fois au sujet des fantômes. Il prend sa revanche maintenant. Nous ne pourrons plus jamais le contrarier, au contraire. Il a eu assez de sensibilité pour ressentir le malaise qui règne dans cet endroit. Il doit avoir un sixième sens développé, ou peut-être est-ce l'habitude ? Quelque-soit la raison, il est là avec nous et pas une fois, je ne l'ai senti abattu ou sur le point d'abandonner. Il nous a porté à bout de bras, pour que nous ne flanchions pas. Sans lui nous serions déjà morts, c'est certain.

C'est nouveau pour nous. Pierre et moi faisons confiance à la science, aux faits, ce qui est démontré. Il n'y pas de place au doute et nous ne croyons qu'à ce que nous voyons. Cette expérience malheureuse nous aura au moins servi à quelque chose ; à ouvrir nos horizons, à voir plus large, à admettre l'inadmissible. C'est difficile d'accepter à quel point nous étions fermés et têtus. Nous n'avons jamais cherché à comprendre et même à écouter notre ami. Ses histoires nous faisaient sourire. Nous étions deux gros idiots, je le sais maintenant. Faute avouée à moitié pardonnée !

Nous sommes maintenant allongés et profitons de l'instant. Il est impossible pour nous de nous détendre, mais juste prendre ce temps de répit à notre avantage ; trop fatigués, nous ne pourrions pas lutter contre la créature. Le soleil commence à descendre doucement. Nous sommes convaincus que la bête sauvage viendra pendant la nuit, nous surprendre dans le noir, mais nous l'attendons. Cette fois, nous sommes des prédateurs ; nous patientons pour attraper notre proie, afin de la trucider et d'en finir une bonne fois pour toute.

— Reposons-nous tant qu'on le peut. Elle ne tardera pas à venir !

— J'en ai assez de cette garce, déclare Pierre. On va l'embrocher comme un poulet et la faire rôtir cette pourriture.

Pierre avait tout d'un fou en disant ces mots accompagnés d'un rictus de satisfaction. Il est énervé et sent qu'il ne supporterait plus trop longtemps encore cette situation ; ce qu'il m'a confié un peu plus tôt. Assis sur le sol, nous attendons celle qui veut notre mort. Elle tarde à venir. Sait-elle, qu'on lui tend un piège ? Pour garder notre calme, nous parlons de choses et d'autres. Il faut rester calme le moment venu, être opérationnel. Nous sommes dans une situation délicate et rocambolesque. Nous sommes exténués et s'ajoute à cela, le manque de sommeil. Durant cette galère, nous n'avons presque pas mangé à cause de la pression, nous sommes moins robustes. J'essaie de contrôler ma respiration car mon cœur bat très fort, comme à chaque fois. Il est nécessaire de garder son sang-froid, de ne pas paniquer, surtout pas. Je regarde Pierre qui grignote avec un peu de difficulté un gâteau. Il me fait penser à un petit garçon qui attend la sentence de ses parents à cause de ses bêtises. Je sais que son petit goûter, une fois avalé sera rejeté plus tard, à cause de la tension ou du dégoût qu'il ressent envers la créature. Ou les deux ! Il a du mal à la regarder. Tout chez elle le répugne. C'est un être abject qui n'a pas son pareil.

Être assis là, dans cette forêt me rappelle de bon souvenir, quand pendant les vacances nous allions à la pêche tous les trois avec nos amies du moment. La pêche ! Excuse bidon quand nous étions adolescents pour être avec les petites copines, tranquilles loin des parents. Je regarde Pierre et Sébastien et sais que je ne pourrais supporter de perdre l'un d'eux. Ils me connaissent, savent tout de moi ou presque. Nous avons fait pas mal de route ensemble même si nous sommes encore jeunes. Et j'espère pouvoir partager encore beaucoup d'autres moments en leur compagnie.

Chapitre 13

Le cri perçant au loin se fait entendre et me sort de ma rêverie. Nous savons qu'il annonce la venue de la femme. Pierre et moi avons eu beaucoup de mal à faire le lien entre les deux questions ; Qui pousse ce hurlement qui nous fait froid dans le dos et d'où vient-il ? Nous apercevons la silhouette de la tueuse affamée, entre les arbres. Elle marche lentement, comme pour nous signifier que de toute façon, elle nous aurait tôt ou tard, il ne sert à rien de courir, elle arrive toujours à ses fins. C'est elle qui mène la danse, qui décide du quand et du comment. Seulement, nous n'avons pas l'intention de la laisser faire. Nous allons la réduire en cendres ! Enfin nous l'espérons !

Nous nous levons à son approche. Elle s'arrête et nous fixe longuement. Son regard n'exprime aucune émotion. Nous savons ce qu'elle projette ; nous sommes sa friandise, son dîner. Est-ce un avantage de connaître son but ? Je n'en suis pas sûr. L'idée de se faire dévorer par cette femme ne m'aide pas particulièrement. Cela me rend plus combatif mais me déconcerte tout autant. Maintenant que la femme est là, lentement, nous déplaçons Sébastien, sans jamais la quitter des yeux. Nous devons le protéger. Peu de temps avant l'arrivée de la créature, nous avons allumé un feu. Nous étions très inquiets car nous avions du nous y reprendre à plusieurs reprises pour qu'il prenne, puis les flammes se sont mises à danser devant nous.

La créature ne bouge pas. Elle se lèche la main pleine de sang en se dandinant. Je n'arrive toujours pas à m'habituer à cette vision aussi étrange que surréaliste. Pierre est à ma gauche, je l'entends marmonner, il se donne du courage :

— Aller viens ma belle, approche ! Tu vas pourrir en enfer ! Viens espèce de garce ! On va faire un beau feu de joie pour fêter ta défaite.

Tous les trois, attendons la réaction de celle qui nous a fait vivre jusque-là, un véritable enfer. J'ajoute une branche dans le feu. Les flammes qui dansent devant mes yeux, déforment la silhouette de la créature ! Rien ne pourrait la rendre moins détestable. Ses yeux semblent briller comme deux petites billes rondes, qui bougent dans l'obscurité. Je la regarde à travers les flammes et me demande si elle a une conscience comme nous, ou si elle agit à l'instinct. Elle ouvre la bouche en grand comme à chaque apparition et l'expression de son regard change totalement. On peut lire de la colère dans ses yeux ; la haine peut s'exprimer sans dire un mot. Elle a certainement réalisé que nous étions là pour elle. Nous devons prendre sur nous, nous montrer courageux, la fixer pour lui faire comprendre que l'on a plus peur d'elle, même si ce n'est pas la réalité, car nous sommes littéralement pétrifiés.

À chaque fois que la créature avance d'un côté ou d'un autre, nous faisons de même, nos lances à la main. Son regard se pose sur Pierre, elle le fixe pendant quelques secondes, relève un sourcil, ce qui lui donne un air ridicule puis, s'approche encore plus près en dodelinant. Cette situation est inédite pour nous trois. Mon ami fait quelques mètres sur la droite pour me permettre de contourner la femme mais elle va se cacher derrière un arbre pour en ressortir aussitôt. Elle veut peut-être jouer à cache-cache avec nous ? L'encercler s'avère être une tâche difficile. Nous sommes à l'affût de ses moindres mouvements. Je me demande si la créature est réellement capable de saisir ce que nous projetons de faire, la jeter au feu ! Pierre semblait maitriser la situation jusqu'au moment où, je ne sais pour qu'elle raison, il semble hypnotisé, il ne bouge plus. Je dois le sortir de sa torpeur :

— Pierre... Pierre ! Hey regarde-moi ! Ne te laisse pas avoir OK ? Reste avec nous !

— Quoi ? Oui, j'ai besoin de me préparer. Mon cœur bat la chamade mais ce n'est pas par amour, mais par dégoût !

Effectivement, je peux l'entendre respirer tellement son souffle est fort et rapide. Il doit trouver le moyen de se reprendre et de se calmer pour agir. Ce cauchemar nous a perturbés, et traumatisés. Il nous laissera des cicatrices, c'est certain. Pierre est un homme fort. Il ne se déstabilise pas facilement d'habitude mais cette situation peu commune, c'est le moins que l'on puisse dire, l'a plus qu'ébranlé…

Le temps semble s'être arrêté. La créature est là devant nous, remuant d'un côté et d'un autre. Elle se méfie de nous, elle hésite, mais c'est une sournoise, nous devons rester sur nos gardes. La haine se lit sur son visage, de la bave mélangée au sang, sort de sa bouche entrouverte et son regard est terrifiant. C'est Pierre qu'elle veut en premier, celui qui semble avoir le plus de répugnance par son apparence particulière, hors du commun. Puis sans signe avant-coureur, la créature saute sur lui, ce qui fait tomber sa lance, en même temps qu'il bascule en arrière. Allongé sur le sol, Pierre essaie de dégager la main de la créature qui veut serrer son cou. Elle l'agrippe avec une force étonnante. Franck et moi tentons de l'embrocher avec nos lances, mais nous avons peur de toucher Pierre. Nous devons faire attention, c'est une sauvage qui se défend bien ; nos bâtons pointus ne sont pas un problème pour elle. Nous nous acharnons, la transpiration coule sur nos visages. Nous pouvons, je ne sais trop comment, la renverser, Pierre roule pour s'éloigner d'elle, essoufflé, il se relève, essayant de reprendre sa respiration. Mais elle ne lui laisse aucun répit, se jette sur lui une nouvelle fois, ce qui le fait reculer et se cogne à un arbre avec rudesse. Il tombe à nouveau. Même si la femme est de petite taille, elle arrive à maitriser Pierre. Son cri est une arme certaine. Il est si aigu, que l'on perd vite le contrôle. C'est d'ailleurs à cet instant que mon ami se trouve en difficulté.

Le hurlement si soudain et proche, le paralyse pendant quelques secondes, suffisantes pour la furie. Elle tente d'approcher sa tête près du visage de Pierre. Avec la force de ses mâchoires elle n'aurait pas eu de mal à lui arracher une bonne partie du visage. Mon ami avait besoin de ses deux mains pour retenir le bras de créature. Franck et moi essayons de la renverser sur un côté mais elle arrive à s'accrocher. Je tente de mettre un violent coup sur sa tête, pour la dégager mais elle pousse son cri qui me fait reculer. Je suis inquiet, la situation semble prendre une mauvaise tournure. Franck grimace puis pris d'une rage soudaine, fait un bond sur la femme. Derrière elle, il s'acharne à immobiliser son bras, je viens lui donner main forte rapidement. C'est un combat à trois. Pierre sous elle, n'arrive pas à se dégager. Il est sûrement blessé. La créature tient sa tête fermement sous son bras gauche, et de sa petite main droite, elle s'accroche au cou de Pierre. Dans son étreinte, il devient rouge, il n'arrive plus à respirer. Je me mets sur le côté et c'est avec une violence que je ne me connaissais pas que je lui martèle avec de grands coups de poing, le visage, je sens qu'une dent se casse. Je tape et je tape encore de toutes mes forces.

L'exaspération et la colère que je ressens sont si grandes, qu'elles en sont presque libératrices. Je m'acharne sur ce visage que je trouve immonde. Toute cette hargne qui envahit tout mon être m'aide à agir. Nous nous sommes transformés en bêtes sauvages. L'animosité et l'envie de vengeance envers cette chose qui n'a rien d'humain nous permettent de nous surpasser. Avec un ultime effort, je me relève et la tire très fort et Franck qui veut en finir, lui plante une lance si profondément qu'elle n'arrive pas à se dégager. Je ramasse rapidement un pic sur le sol et l'enfonce de l'autre côté pour la maintenir. Elle gigote dans tous les sens pour se libérer. Elle ne semble pas vouloir abandonner. Elle est infatigable, mais cette fois, elle ne peut se dégager. Tous nos muscles sont contractés, nous ne devons pas la laisser s'échapper. Nous la conduisons jusqu'au feu et nous faisons en sorte qu'elle ne puisse pas en sortir en la maintenant de toutes nos forces.

Les flammes grandissent et semblent danser. Quelques minutes plus tard, la bête enragée ne bouge plus. Nous l'observons sans bouger, se consumer inexorablement. Ce n'est pas juste un feu, c'est un feu de joie, celui de la victoire. La créature a enfin quitté ce monde qui ne veut pas d'elle...

Franck et moi tombons dans les bras l'un de l'autre. Nous avons enfin trouvé le courage de se battre contre cette chose innommable. C'est l'instinct de survie qui nous a donnés la force de garder le contrôle et de se surpasser.

— Franck, on l'a eu, cette maudite garce !

— Oui, on l'a eue ! On l'a eue !

— Qu'est-ce qu'il se passe ? demande Sébastien.

— Ça va Sébastien ? Merde, Pierre ne bouge pas, attends reste là.

Pierre n'a aucune réaction, nous l'installons près du feu. Je mets mon oreille sur sa poitrine, il respire. Sébastien, le médecin, a la tête qui tourne dès qu'il essaie de se lever.

— Si tu avais vu Franck se battre dis-je à Sébastien ! Mon gars, tu es bien plus courageux que tu ne le crois ! Ce que tu as fait ce soir le prouve !

— Merci Adrien.

Des larmes coulent sur les joues de Franck, le stress, la fatigue, tout s'entremêle. Mais le plus dur à vivre, est la perte de tous ses amis. Une fois la tension retombée, nous ressentons tous, une grande lassitude. Nous avons besoin de nous poser, de prendre le temps de récupérer un peu. Nous avons soif, mais plus une goutte d'eau dans les gourdes. Avec la satisfaction d'avoir anéanti la créature l'appétit revient petit à petit ; il ne reste que quelques petits gâteaux secs d'un paquet entamé. Avec l'humidité, ils ne sont pas fameux mais on doit s'en contenter.

Nous avons encore du mal à réaliser que la créature est hors circuit maintenant. Le moindre bruit nous fait encore sursauter. Il faut penser à Pierre qui ne réagit toujours pas. Nous sommes inquiets pour lui. Il s'est montré très courageux et combattif, mais tous les vomissements l'ont énormément affaibli. Le harassement prend tout doucement le dessus, nous nous endormons rapidement. Franck pousse un cri horrible d'effroi, dans son regard, on peut lire la terreur.

— Franck, Franck calme toi ! Tout va bien, tu as fait un cauchemar. C'est fini, on l'a eu, tu te souviens ? Lui dis-je.

— Ah oui c'est vrai !

— Calme toi, ça va aller.

Nous sommes trois pour nous soutenir, Franck est seul. Nous faisons attention à lui, nous pouvons bien faire cela. Il a eu du courage pour essayer de sauver Pierre, il n'a pas hésité à se jeter sur la créature. Il s'est battu avec la rage au ventre. Nous nous sommes sentis tous lâches devant toutes ces scènes de cruauté. Mais aucun de nous n'était préparé à vivre ce genre de chose. Nous ne sommes pas responsables de la situation, mais ne pas avoir agi pour secourir les victimes, nous laisse un goût amer…

Chapitre 14

Petit à petit le jour se lève. Nous nous levons avec des douleurs dans tout le corps. Sébastien a toujours du mal à rester debout. Il s'assied près de Pierre pour l'examiner. Il a dû recevoir un coup sur la tête et a peut-être des côtes cassées. C'est difficile de l'ausculter correctement, Sébastien n'a pas ce qu'il faut. Il fait des suppositions d'après ce qu'il voit. Nous ne savons comment faire, nous devons nous remettre en route, mais transporter Pierre s'avère être compliqué. Il nous faut trouver une solution.

— On pourrait lier des branches et l'installer dessus. De cette façon on pourra le trainer, suggère Sébastien.

— On peut toujours essayer. Pour les lier ça risque d'être difficile quand même. Elles ne tiendront pas longtemps, mais c'est la seule option.

Nos couteaux à la main, nous cherchons des branches pourvues de feuilles. Nous prenons tous ce que nous trouvons qui pourrait faire l'affaire. Certaines sont souples et d'autres plus épaisses et rigides. Personnellement je n'ai jamais eu à faire ce genre de chose ; je n'ai jamais pensé à apprendre ce qu'il faut faire pour survivre dans un milieu hostile, comme celui-là.

Nous mettons du cœur à l'ouvrage, impatients de reprendre la route. Je suis heureux d'avoir pu affronter cette créature, sans oublier toutes ces horreurs dont nous avons été témoins :

— Sébastien, si tu n'avais pas été là nous serions morts Pierre et moi, lui dis-je simplement.

— C'est vrai, tu as assuré ! Je me demande comment tu arrives à garder ton calme. J'ai eu plus d'une fois envie de te le demander sans jamais oser.

— Tu aurais dû Franck. Mais merci à tous les deux, j'avais aussi peur que vous, je n'ai pas voulu le montrer, c'est tout. Et croyez-moi, des choses bizarres j'en ai déjà vu, et pas qu'un peu mais cette…femme, je ne suis pas prêt de l'oublier de sitôt.

Puis, nous nous serrons dans les bras, heureux d'être toujours en vie, ensemble. La bagarre, les colères, tout cela est derrière nous. Bien qu'il ne se plaigne pas, Sébastien a besoin de soins lui aussi ; il a des hématomes un peu partout et sur le visage n'en parlons pas, la créature l'a bien amoché. Il se rassie près de Pierre pour le surveiller. Avec de longues feuilles de fougères trouvées un peu plus loin nous lions les branches en espérant que le tout tienne le plus longtemps possible. Pierre n'est pas un petit gabarit ; grand, un mètre quatre- vingt-six environ et musclé, les branches doivent supporter son poids. Il y a l'usure aussi, le frottement sur le sol. Mais il faut nous mettre en route, pour retrouver la civilisation.

Nous ne savons pas de quel côté mais ce n'est qu'un détail. Nous relativisons, c'est un souci bien sûr, mais nous venons de vivre un calvaire, alors le reste semble moins préoccupant. Après avoir posé des pierres sur le feu presque endormi, nous décidons de partir. Sébastien a assuré alors je lui propose de nous guider :

— Bon chef, de quel côté allons-nous ?

— Je n'en sais rien mais gardons l'idée de départ quand on voulait suivre les gamins. On est complètement perdu, ça c'est une évidence. Pierre nous a dit que la mousse indique le nord, le problème c'est qu'il y en a partout dans cette forêt de malheur. Nous n'avons aucun repère sérieux, mais il faut bien commencer quelque part.

— Écoutez, vous entendez ?

— Quoi ? Qu'est-ce qu'il y a encore Adrien ? me demande Franck inquiet.

— Le bruit dans les arbres, les oiseaux, la vie !

Nous marchons le sourire aux lèvres. Nous sommes fatigués mais tellement heureux que nous avons assez de volonté pour continuer. La route sera sûrement longue, mais avec un obstacle de taille en moins. La forêt semble respirer à nouveau. Les piaillements des oiseaux, les bruits furtifs dans les arbres sont agréables à entendre, même si nous sursautons à chaque fois. La vie s'était endormie ou plutôt cachée, mais maintenant libérée de la créature, elle reprend ses droits. Les habitants légitimes de cette forêt abondante reprennent le cours de leurs vies…

Nous avons crapahuté plusieurs heures quand nous décidons d'un commun accord de faire une halte, dans un coin un peu moins feuillu.

— J'ai faim, dis-je, et soif !

Nous allons devoir chasser le gibier avec nos lances. Nous ne savons pas combien de temps nous serons encore obligés de rester dans ce bois. Mon estomac crie famine, mais le manque de sommeil est plus fort. Je m'endors, la tête posée sur mon sac à dos vide quand plus tard, je sens une main me secouer. Je me réveille en poussant un cri.

— Et du calme mon vieux ! Sens la bonne odeur du lapin que j'ai capturé, me dit fièrement Franck.

Nous mangeons en silence, appréciant ce repas qui n'a certes rien d'exceptionnel, mais qui nous fait du bien. Nous nous reposons encore deux bonnes heures puis nous reprenons la route. Nous arrivons enfin dans un endroit découvert. La chaleur du soleil sur la peau est bienfaitrice. Pierre ne se réveille toujours pas, même l'odeur alléchante de la viande n'aide pas. Il faut absolument trouver une sortie. Il a peut-être des blessures graves et il risque fort de se déshydrater. Nous étions sains et saufs mais démunis.

— Je donnerais n'importe quoi pour un bon café et une bonne douche chaude, déclare Sébastien.

— Oui une bonne douche, un bon café et retrouver nos vies d'avant.

Franck baisse la tête. Je me sens coupable à cet instant. Pourtant je sais que retrouver ma vie d'avant sera difficile, mais j'ai toujours mes amis, lui non. Je m'excuse plus tard car je sais ce qu'il ressent enfin, je peux facilement l'imaginer. Mais nous n'avons pas le choix, il faut continuer à vivre et je n'oublierai jamais Claude et tous les autres, ça c'est certain...

L'idée de la mousse sur les arbres et les pierres fait son petit bonhomme de chemin dans mon esprit. Je scrute attentivement tout autour de moi. Et je suggère à mes amis d'être un peu plus observateur. C'est à partir de cet instant, que nous serons plus à même de nous repérer. La densité de cette forêt n'arrange rien mais plus attentifs, nous arriverons enfin à avancer de façons moins aléatoire. Après de longues heures de marche nous faisons une halte pour la nuit. Nous nous installons en silence. Nous sommes rompus, toutes les pauses que nous faisons ne sont pas suffisantes pour récupérer. Je fais de nombreux cauchemars mais c'est les cris terrifiants que pousse Franck qui me réveillent en sursaut. Notre nouveau camarade est en sueur. Il lui faut un bon moment pour retrouver un semblant de calme.

Après une nuit agitée nous reprenons la route. Cette routine est lassante mais c'est tout ce que nous pouvons faire. Nous avons tous les yeux cernés par la fatigue. Combien de temps encore va durer ce périple ? Nous ne comptons plus les kilomètres, et nous perdons petit à petit l'espoir de retrouver la civilisation. Aucun de nous n'ose le dire. Nous ne savons combien de jours se sont écoulés, cinq, six, dix peut-être plus, quelle importance ? Ce n'est pas le moment d'abandonner, mais nous faisons de plus en plus de haltes. C'est difficile de continuer, nous sommes abattus, puis après une très longue marche nous devons faire un arrêt qui durera bien plus longtemps que prévu... Sébastien a des difficultés à avancer.

— Dès que l'on trouvera un endroit plus favorable, on s'arrêtera si vous n'y voyez pas d'inconvénient. J'ai besoin de repos là ! déclare Sébastien.

— D'accord dis-je, je pense même que l'on devrait rester au moins tout un jour pour se reposer. On en peut plus, nous avons parcouru combien de kilomètres en tout. De toute façon nous ignorons si l'on prend la bonne direction, alors nous épuiser plus encore ne sert à rien.

— Personnellement, répond Franck, je suis d'accord. Le problème c'est Pierre, on ne sait pas ce qu'il a, il ne réagit pas.

— Non, mais nous n'arrivons plus à avancer. Je surveille sa respiration, elle est normale, il doit être hospitalisé c'est clair et d'ailleurs Sébastien aussi. Si nous ne sommes pas capables de tenir debout tous les deux, ça risque d'être encore plus compliquer…

Je soutiens Sébastien pendant que Franck traine Pierre sur les branchages. Puis on inverse les rôles après chaque halte.

Nous arrivons enfin dans un milieu plus favorable pour nous installer plus confortablement. Je suis dans mes pensées quand une goutte d'eau tombe sur mon nez. Je regarde le ciel qui s'est passablement obscurci. La pluie tombe, nous sommes heureux. Nous essayons de mettre Pierre à l'abri ce qui n'est pas facile. Les arbres ne suffisent pas pour le protéger. Nous ramassons des branches sur le sol, et essayons de les faire tenir les unes avec les autres comme une tente. Le résultat n'est pas terrible, mais Pierre est beaucoup plus à l'abri. Nous en profitons pour nous faire un brin de toilette. Cette eau nous fait le plus grand bien, la soif devenait difficilement supportable. L'averse dure deux bonnes heures, elle est toujours la bienvenue mais heureusement, ne dure jamais très longtemps. Pendant cette accalmie nous consolidons la tente de Pierre. Nous nous en sortons plutôt bien, et je suis surpris par l'adresse de Franck. Il est adroit de ses mains et c'est tant mieux, je ne m'en serais pas sorti aussi bien. C'est aussi un chasseur, une de ses activités préférées. Avec une simple lance, il arrive à tuer des lapins qui ne se font plus trop rares. Une fois notre camp de fortune installé, nous nous reposons et nous dormons très longtemps...

C'est le froid qui me réveille, je suis frigorifié. Franck et Sébastien se réveillent un peu plus tard. Ce repos nous a un peu requinqués. Nous avons mal dans tout notre corps endolori, mais dormir aussi longtemps a été salutaire. Je m'approche de Pierre qui bouge légèrement la tête. C'est sûrement bon signe, je l'espère en tout cas. Nous consolidons le brancard avec d'autres branches puis nous décidons de continuer notre route.

— Je ne sais pas vous, mais moi j'ai bien dormi dit Sébastien.

— Tu ne fais pas de cauchemars ?

— Si bien sûr, ça m'arrive.

Nous nous mettons en route mais sans grande conviction. Nous ne savons pas de quelle direction prendre. Tous les endroits se ressemblent ; dans la forêt, il n'y a que des arbres, des fougères. La lassitude se fait sentir plus de plus. On ne sait pas si nous nous approchons du village et cela nous inquiète beaucoup. Et si nous nous perdions pour de bon ?! Peut-être que nous nous enfonçons encore plus dans la forêt ! Qui pourrait nous retrouver, et comment ? C'est un véritable labyrinthe ce bois ; il s'étend sur des kilomètres. Peut-être qu'il cache d'autres créatures, comme celle que nous avons tuée. Où peut-être qu'elles sont différentes ? Et comme s'il avait entendu mes pensées :

— J'espère que l'on n'est pas perdu pour de bon ! Je commence à avoir des doutes, et je suis inquiet pour Pierre qui ne se réveille toujours pas. Et nous retrouver nez à nez avec une autre créature, par pitié, non ! Elle était repoussante, mais peut-être qu'il y en a des plus répugnantes encore !

— Tu lis dans mes pensées Sébastien.

— Arrêtez de dire des conneries !

— Pourquoi vous me regardez ? Je n'ai rien dit, affirme Franck.

Pierre s'est réveillé mais pas pour longtemps, il a perdu connaissance presque aussitôt. Nous marchons en silence, la tête baissée pendant plusieurs heures malgré la fatigue. Sébastien souffre beaucoup mais il ne veut pas ralentir, il a hâte de rentrer, lui aussi. Je perds espoir maintenant. J'ai envie de crier, j'en ai assez. Ce cauchemar dure depuis trop longtemps. Ma famille me manque, elle doit se faire beaucoup de soucis. Mon moral est en berne, je sens que je suis prêt à abandonner. Nous nous trainons, nos pas semblent lourds, et pour tenir j'essaie de visualiser tout ce qui peut me motiver. Est-ce mon imagination grandissante ou :

— Arrêtez, dis-je.

Sébastien et Franck me regardent. Je lève la tête vers le ciel, mais c'est parce que je me concentre sur ce que j'entends. Mes deux amis m'imitent, ils regardent le ciel eux aussi :

— Vous entendez ?

— Non quoi ? demande Sébastien.

— La rivière, j'ai entendu la rivière, dis-je en riant.

— T'es sûr ? Oh merde t'a raison, je l'entends.

Nous accélérons le pas, puis avec un ultime effort, nous courons vers la rivière. Au bord du ruisseau, nous buvons cette eau claire et nous nous faisons une petite toilette. Je passe un peu d'eau sur le visage de Pierre, j'essaie de lui mettre des petites gouttes dans la bouche. Nous ressentons un soulagement intense. Je ne peux retenir mes larmes, voilà que je craque maintenant, je suis à bout. Nous nous étendons le long du cours d'eau. J'ai l'impression de revenir en arrière, avec mes deux amis ; allongé sur l'herbe, une brindille dans la bouche, j'apprécie cet instant sans savoir que ce paradis allait se transformer en enfer…

Nous savons maintenant où nous sommes. Nous reprenons la marche avec un rythme soutenu, nous avons hâte de rentrer. Sébastien ne veut rien entendre, il ne souhaite pas que l'on ralentisse malgré ses douleurs. Il prend sur lui en grimaçant. Encore un peu de patience et enfin, la civilisation !

— Je vais à l'hôtel prendre une douche et si vous le voulez, je passe au cabinet médical, je vous envoie un médecin. Il vous enverra sûrement une ambulance.

— Oui merci Franck, j'allais te le demander, à plus tard.

Sébastien prend une longue douche et pendant que je suis dans la salle de bain, le docteur arrive. Il ausculte Pierre qu'il faut hospitaliser, il est complètement déshydraté et il doit faire une batterie d'examen pour être sûr qu'il n'y ait rien d'autre. Le médecin appelle une ambulance qui nous amène tous à la clinique la plus proche. Pierre est pris en charge tout de suite. Un des médecins qui nous ausculte Sébastien et moi, nous pose des tas de questions. Tous les bleus et blessures que nous avons, sans parler de nos mines défaites, semblent l'intriguer.

— Vous habitez dans la région ? D'où viennent toutes vos blessures ? Il n'y a rien de grave, mais vous êtes tous dans un sale état tout de même. Et puis j'ai remarqué des traces de strangulations sur votre cou et sur celui de votre ami, vous pouvez me dire d'où vous venez et ce qu'il s'est passé ?

— On est dans une clinique ou un poste de police ici ? s'impatiente Sébastien.

— Nous sommes venus pour des soins et surtout pour notre ami Pierre qui est mal en point. Pour le reste, si vous n'y voyez pas d'inconvénient, nous parlerons à la police. Nous nous sommes perdus dans la forêt de l'Ombre, c'est tout ce qu'il y a à savoir.

— Vous n'avez pas besoin d'être agressifs, j'essaie de comprendre et si je peux vous aider…

— Oui, excusez-nous répond Sébastien en se radoucissant. Nous avons crapahuté pendant des jours dans cette maudite forêt, nous sommes fatigués et inquiets pour notre ami. Nous devons appeler nos familles, mais nous le ferons que lorsque nous aurons des informations sur son état, pas avant.

— Bon je vois, revenez demain, il aura d'ici là fait pas mal d'examen.

Chapitre 15

Sébastien a le visage encore un peu tuméfié ; la créature s'est tellement acharnée sur lui. Deux côtes fêlées et des blessures, certaines nécessites des soins. En ce qui me concerne, mis à part les hématomes un peu partout, je m'en tire bien. Nous avons tous besoin de repos et nous avons maigri mais nous nous sentons chanceux malgré tout ; le pire est derrière nous maintenant. Avant de partir au poste de police, nous rejoignons Franck au village. Il est pâle, surmonter la perte de tous ses amis, aller être long et difficile, je le crains. Aujourd'hui, c'est jour de marché, les touristes facilement repérables s'arrêtent à tous les stands. Il fait un temps magnifique et parmi tous les passants heureux d'être en vacances, nous faisons taches. Je ne réalise pas que nous sommes enfin libres, se sentir prisonnier, endurer toutes ces choses horribles, étaient de plus en plus difficiles à gérer. Je ne me sens pas très bien, et j'appréhende le moment où il faudra expliquer aux policiers tout ce que nous avons vu….

Nous arrivons au poste de la police municipale. C'est un petit bâtiment, avec seulement un étage. L'extérieur ne paie pas de mine, mais l'intérieur a semble-t-il été retapé. Nous nous dirigeons vers le premier bureau sur notre droite. Un homme est derrière son ordinateur. Nous avons tapé à la porte déjà ouverte, le policier lève à peine la tête et nous laisse poireauter pendant un petit moment. Il y a du monde qui travaille, on entend des voix et le téléphone qui sonne. Après dix minutes d'attente, l'homme nous invite à entrer.

— Bonjour, que puis-je faire pour vous ?

— Nous revenons de la forêt de l'Ombre. Nous nous étions perdus et nous sommes là pour vous informer qu'il y a des cadavres…

— Tiens donc, l'interrompe l'agent. Vous me dites qu'il y a des cadavres dans la forêt ? Qu'est-ce que vous faisiez là-bas, la chasse ? Ce n'est pas l'époque.

— Ce n'est pas non plus le sujet dis-je. Nous étions dans la forêt pour retrouver les amis de Franck, qui est avec nous. Ils ont tous été tués, on vient vous en informer.

— Calmez-vous s'il vous plaît ? Et vous savez qui les a tués vos amis, Monsieur… ?

— Franck Martins. Je voulais rejoindre mes amis, je savais qu'ils étaient sortis pour faire un tour dans la forêt. J'étais avec mon amis Serge. On voulait leur faire une surprise mais nous nous sommes perdus…

— Où est votre ami Monsieur qui vous accompagnait ?

— Il est mort …

Franck pleure, être obligé de parler de ses amis lui fait du mal. Il tremble et est visiblement perturbé. Il n'y a pas besoin d'être médecin pour s'en apercevoir.

— C'est une créature qui les a tués, eux et bien d'autres encore, s'énerve Sébastien

— Une créature ? Quel genre ? Quelle histoire ! Mis à part les petits vols dont les touristes font les frais, il ne se passe jamais rien ici, attendez dans le bureau, je vais voir si le chef est là.

— Je me doutais bien que ça n'allait pas se passer simplement. On ne peut pas lui en vouloir mais son air supérieur me gonfle. Tu as ton portable Sébastien ?

— Merde, j'ai oublié de le recharger, la batterie est complètement à plat.

Le policier tarde à revenir, mais il regagne son bureau vingt minutes plus tard, seul.

— Désolé de vous avoir fait attendre. Le chef n'est pas là, mais de toute façon et s'il y a des victimes, je dois contacter la gendarmerie de Brocéliande. Je vais prendre vos noms et numéros de téléphone et nous vous contacterons demain matin, je pense. Je vous conseille vivement de rester dans le coin…

— Notre ami est à l'hôpital, nous ne partirons pas sans lui, et pour information, nous n'avons pas à nous sauver, nous ne sommes pas des meurtriers…

— Calme toi Adrien. Rentrons au refuge.

Nous repartons contrariés. Le ton qu'avait pris le policier ne nous plaisait guère, mais il ne valait mieux pas nous attirer des ennuis. Nous proposons à Franck de rester au refuge avec nous, ce qu'il accepte tout de suite. Il retourne chercher toutes ses affaires et celle de Serge à l'hôtel, puis revient plus tard en fin de journée.

— Il faut que j'avertisse la compagne de Serge, elle attend un enfant, Comment lui dire ? C'est terrible !

Il n'y a rien à ajouter à ça, j'ai de la peine pour lui, pour Serge, Paul et tous les autres. Aucun des jeunes gens n'a pu s'en sortir. Combien de victimes sont passées entre les griffes de cette femme ? Elle avait cette force que l'on ne pouvait soupçonner juste en la regardant. Cette créature était le diable en personne…Sébastien a préparé un plat de pâtes et nous avons ouvert des boîtes de sardines. C'est un repas simple qui a le goût de la défaite. Franck n'arrive pas à manger, son estomac est fermé. Nous étions venus dans cet endroit pittoresque, pour trouver un peu de calme et du dépaysement loin de l'agitation parisienne, au lieu de ça, nous avons été témoin de la barbarie. Nous nous couchons de bonne heure, encore très fatigués et aucun de nous n'avez envie de discuter. Dehors, le tonnerre gronde et les éclairs illuminent le ciel…

Allongé sur la banquette de la chambre, je commence à m'endormir quand Franck pousse un cri. À son regard, il semble terrifié et serre le cou de Sébastien si fort que ce dernier n'arrive pas à se dégager et devient rouge. Je me lève d'un bond pour l'obliger à le lâcher et à reprendre ses esprits.

— Je suis désolé, Je suis désolé.

— Ce n'est rien répond Sébastien, secoué par ce réveil brutal. Rendors-toi si tu peux, moi je ne suis pas sûr d'y arriver.

— Je suis désolé Sébastien.

J'étais le premier à me lever, je prépare un café quand le téléphone sonne.

— Bonjour Monsieur. Je suis l'adjudant Comtes de la gendarmerie de Brocéliande. Je vous demande de venir ce matin à dix heures trente au poste de la police municipale où vous êtes venus faire vos premières déclarations.

— Pas de problème, nous y serons. À tout à l'heure.

J'informe Franck et Sébastien quand ils se lèvent un quart d'heure plus tard. Nous prenons un rapide petit déjeuner et nous nous préparons pour l'interrogatoire. Franck est angoissé, il ne sait plus trop par où commencer, c'est difficile pour lui, il n'est toujours pas en état. Nous non plus d'ailleurs, mais la différence est que mes amis et moi sommes revenus sains et saufs.

— Ne t'inquiète pas, on parlera en premier d'accord, le rassure Sébastien.

— OK merci.

Nous sommes à l'heure à notre rendez-vous et surpris car plusieurs gendarmes sont venus. Il y a du monde dans les bureaux, du va et vient dans les couloirs, des touristes qui se plaignent ; il doit se passer quelque chose. L'adjudant Comtes vient se présenter à nous. Nous faisons de même, puis nous nous dirigeons dans un bureau au fond du couloir. L'adjudant s'installe derrière le bureau, un autre devant l'ordinateur prêt à taper le rapport, puis un jeune en uniforme qui reste debout et qui ne pas dit un mot. Les autres gendarmes sont partis dans une autre pièce. Nous déclinons tout d'abord nos identités une nouvelle fois, avant de commencer notre récit, plus complet celui-là.

— Pourquoi tous ces gens, il se passe quelque chose ?

— Oui, il y a eu pas mal de vol entre autres. Revenons-en à votre histoire ! Pas banale celle-là ! Alors vous dites qu'il y a des cadavres dans la forêt, c'est bien ça ?

— Sébastien, Pierre et moi…

— Pierre ? m'interrompe l'adjudant.

— Oui, il est à l'hôpital pour faire des examens. Nous avons loué le refuge qui se trouve à la lisière du bois. Un soir, un Monsieur, Claude a tapé à, notre porte, il avait perdu sa femme et ses amis de vue. Il était d'ailleurs venu au poste, pour le signaler. Il pensait qu'ils s'étaient perdus dans le bois. Nous lui avons proposé de l'aider à les retrouver, nous avions prévu mes amis et moi de faire une balade dans la forêt…Nous nous sommes perdus nous aussi…La créature qui déambule dans les bois, capturait ses proies…

L'adjudant écoute sans dire un mot. À tour de rôle, nous faisons le récit de tout ce qui s'était passé dans la forêt. À chaque fois que nous invoquons la créature, les gendarmes se regardent, incrédules.

— Une femme qui tient la tête sous son bras ? Rien que ça ! Vous nous prenez pour des idiots messieurs ? Vous venez là, vous nous racontez une histoire abracadabrante et…

— Tout ce qu'ils vous racontent est vrai. Tous mes amis sont morts dans d'atroces souffrances. Sébastien, tu n'as pas ton portable ? Tu as pris des photos et...

— Mais oui bien sûr, j'avais oublié.

Sébastien sort son portable et cherche les photos qu'il montre à l'adjudant Combes. Certaines ne sont pas nettes ; Sébastien avait fait comme qu'il pouvait, car tirer le portrait de la créature était compliqué. La situation était difficile et stressante, ce n'était pas pour immortaliser des souvenirs de vacances. En faisant défiler les photos, l'adjudant par réflexe se lève de son fauteuil.

— Bon sang, mais qu'est-ce que c'est que ce truc ? Et tous ses cadavres, vous pouvez mettre des noms dessus ?

— Non, dis-je, juste quelques-uns. Il y avait trois jeunes aussi qui s'étaient perdus, nous leur avons conseillé de rester avec nous, mais ils n'ont pas voulu. Ils n'ont pas cru ce que nous leur avons dit, on aurait peut-être dû se taire et les garder avec nous mais...nous avons vu Lucas se faire prendre. Ils avaient une vingtaine d'année tout au plus et nous avons à peine discuté avec eux. On n'en sait pas plus à leur sujet et nous n'avons rien pu faire malheureusement. Cette femme avait une force incroyable...

— Qu'est-ce que vous en avez fait ?

— Nous avons l'avons jetée au feu.

Le téléphone fait le tour du bureau et même au-delà. Tous les autres viennent voir cette créature étrange, ainsi que les cadavres et écouter notre histoire peu commune. C'est difficile de croire une chose pareille, nous en avons bien conscience, mais émettre un doute sur notre honnêteté, nous a au départ contrarié.

— Je vais devoir garder votre téléphone un moment si vous n'y voyez pas d'inconvénient. Nous allons récupérer les photos.

— Faites donc ça, nous devons aller à l'hôpital…

— Vous savez que vous ne pouvez pas partir pour l'instant. Nous aurons peut-être d'autres questions à vous poser.

— OK, mais nous avons envie de rentrer chez nous, vous pouvez le comprendre alors j'espère que ça ne va pas durer.

— On vous rappellera. Au revoir Messieurs.

Nous partons comme prévu à l'hôpital. Pierre est dans une chambre, il tourne la tête à notre arrivée. Il est encore très faible, il parle très doucement, il chuchote presque.

— Je croyais que vous étiez partis sans moi.

— Nous étions au poste de police. Ils ont pris nos dépositions et ont gardé mon portable pour récupérer les photos.

— Ah j'ai loupé ça ! Dommage.

— Comment tu te sens ? Tu as mal quelque part ?

— Oui j'ai mal, mais c'est à cause des énormes hématomes que j'ai dans le dos. La garce ! Elle m'a mis en vrac. Mais je suis surtout très déshydraté avec tous les vomissements. On repart quand, j'ai hâte de rentrer, je me reposerai chez moi, il n'est pas question que je reste ici. Ne vous avisez pas de repartir sans moi, c'est compris ?

Le médecin nous confirme un peu plus tard, ce que venait de nous dire notre ami. Nous espérons dégager le plus vite possible de cet endroit qui ne nous rappelle que des mauvais souvenirs. Nous rentrons directement au refuge après notre visite. J'appelle ma famille, pour lui dire que nous sommes sur le point de rentrer. Ils étaient inquiets de ne pas avoir de nos nouvelles, nous n'avions rien dit sur notre destination. Sébastien fait de même ; tout le monde était maintenant rassuré quant à Franck, il se décide lui aussi à téléphoner à toute sa famille et les informe brièvement de la tragédie. Il leur expliquerait, disait-il, quand il rentrerait. Comment faire pour annoncer la mort de tous leurs amis ? Assis dans la cuisine, autour de la table ronde, nous buvons un café, quand Pierre téléphone.

— Venez me chercher demain à quatorze heures, le doc me laisse sortir.

— Tu l'as menacé ou quoi ?

— Non je sais être persuasif, Adrien, tu devrais le savoir toi !

— À demain, repose-toi bien.

La journée se passe dans un silence presque total. Sébastien part faire quelques petites courses, il veut préparer un repas digne de ce nom. J'ai besoin d'être seul, de réfléchir, je m'installe sur une chaise devant le refuge, je regarde le village qui se trouve en contrebas. Je ne sais pas pourquoi mais je dois faire un gros effort pour retenir mes larmes. Partir avec bonheur et revenir avec un poids sur les épaules. Personne ne pourrait comprendre ce que nous avons vécu durant des jours. Cette nature que j'ai toujours recherchée et que j'ai abhorrée par la suite ! J'avais l'impression qu'elle m'avait trahi, bien sûr ce n'était pas le cas, mais après tous ces évènements, je me sentais différent. Avec le temps peut-être…

Sébastien nous avait concocté un bon repas, ce n'était pas de la grande cuisine, mais le tout avait été préparé avec goût. Une fois terminé, nous entamions une bouteille de whisky de la région. Au sortir de la table, nous n'étions pas saouls, mais presque. Franck avait besoin d'une aide pour aller jusqu'au lit ; et si j'avais été une femme, il m'aurait sûrement fait une déclaration d'amour.

Chapitre 16

Franck, contrôleur des impôts, avait, j'en suis sûr le sens de l'humour, c'est la situation qui ne s'y prêtait pas. Il est un peu plus âgé que nous, célibataire lui aussi. Il aime voyager, aller à la chasse avec ses amis, mais sa vie a soudain basculé, il n'est sûrement plus le même aujourd'hui. Sébastien, resté seul dans la cuisine, a voulu boire encore un peu, il apprécie ce fameux whisky, mais après plusieurs verres, arriver jusqu'à la chambre a été pour le moins difficile. Il titubait et se cognait partout, et au lieu de se coucher dans le lit près de Franck, il est venu se coller à moi sur la banquette, puis est tombé sur le sol et s'est endormi rapidement…Le réveil a été difficile, mais surtout douloureux ; nous avions mal à la tête, le moindre bruit semblait amplifié. Après l'appel téléphonique de l'adjudant Combes, Sébastien est parti sans tarder pour récupérer son téléphone…

— Nous allons pouvoir repartir ?

— Oui, mais j'aurais aimé entendre votre ami qui se trouve encore à l'hôpital, je suppose.

— Oui, nous allons le chercher cet après-midi. Il n'y a rien qu'il puisse vous apprendre de plus. Nous vous avons tout dit. C'est difficile pour tout le monde, mais le plus dur sera d'avertir toutes les familles. Comment allez-vous, vous y prendre ?

— Comme vous l'avez dit vous-même, cette forêt est un vrai labyrinthe, mais contrairement à vous, nous avons ce qu'il faut et je vais contacter la police scientifique, il va nous falloir du renfort. Pour les familles, il est important d'avoir les prélèvements ADN. Nous n'aurons pas les résultats tout de suite. Vous êtes médecin, vous connaissez tout ça. Mais je comptais un peu sur vous pour que vous veniez avec nous…

— Il n'en est pas question. On ne vous sera d'aucune utilité, et nous avons tous une famille, un travail et besoin de repos.

— Bon je comprends, mais si vous changez d'avis !

— Honnêtement, ça m'étonnerait !

— Heu…

— Oui ?

— Pensez-vous qu'il y ait d'autres créatures comme cette…femme ?

— Je ne pense pas mais je peux me tromper. La forêt est immense ! En revanche, il peut, peut-être, y avoir des gens qui cherchent leur chemin, ce n'est pas impossible.

— Bon, je vous souhaite un bon retour alors…

— Est-ce que vous seriez d'accord pour nous informer des suites de votre enquête, vous avez mon numéro de téléphone.

— Je vous tiendrai au courant dès que nous aurons des résultats sérieux.

— Merci, à bientôt alors.

Á son retour, Sébastien nous raconte comment s'est passé l'entretien avec l'adjudant.

— Qu'on retourne dans la forêt ? Avec eux ? On ne servirait à rien, et de toute façon c'est hors de question ! Tu lui as bien dit ça ?

— Bien sûr Adrien, enfin j'ai émis un doute à ton sujet. Il te contactera peut-être ?

— Non, tu déconnes ?

— Oui.

Comme prévu nous allons chercher Pierre à l'hôpital. Il est encore très faible mais il a meilleure mine. Une fois tous réunis, Franck décide qu'il est temps pour lui de rentrer. Nous échangeons nos numéros de téléphone, et promis que nous resterions en contact.

— Je vous rappelle dans quelques jours. Et merci, si vous n'aviez pas été là, je serais mort, comme les autres.

— Tu as eu beaucoup de courage, dis-je. Tu te rends compte que tu t'es jeté sur cette créature ?

— Oui…enfin…je crois que j'avais envie d'en finir, vivant ou mort.

— Il va falloir oublier tout ça rétorque Sébastien. Il faudra du temps, c'est certain, mais la vie continue, tu dois penser à toi.

— Oui avec une bonne psychothérapie renchérit Pierre qui avait du mal à rester debout très longtemps.

Au refuge, pendant que Pierre se repose, nous ramassons toutes nos affaires afin de partir le plus tôt possible, le matin suivant. La nuit, comme à chaque fois a été remplie d'une multitude de cauchemars…

Nous nous sommes levés de bonnes heures, pressés de retourner à Paris. Après un petit déjeuner copieux, nous avons mis un peu d'ordre dans le refuge et sans plus tarder, nous prenons la route. Dans la voiture Pierre s'est allongé sur la banquette arrière et s'est, endormi rapidement. Nous sommes tellement heureux et impatients de retrouver nos familles…

Enfin à Paris ! Retrouver ma famille, me fait du bien. Je n'ai aucune envie de parler de l'enfer duquel nous revenions mes amis et moi. Mais les questions fusent et les reproches aussi ; partir comme ça et ne rien dire à personne ! Ce n'est pas la première fois, mais jamais sans donner de nouvelles. Comme c'est agréable de revenir à une vie normale, j'ai l'impression d'être parti depuis très longtemps ; ma sœur et mes parents m'avaient manqué. Sous l'insistance de ma mère je suis resté chez eux le premier soir. J'appréhende un peu de me mettre au lit, mais entre la fatigue et surtout, l'alcool, je finis par m'endormir. C'est dans un profond sommeil que j'ai cru voir la créature ; j'ai poussé un cri si effrayant, que mes parents inquiets, se sont levés immédiatement. Ils veulent à tout prix que je leur raconte ce qu'il s'est passé pendant ces vacances.

— Alors, quoi nous sommes tes parents. Qu'est-ce qu'il s'est passé pendant vos vacances, tu as beaucoup maigri ? Demande ma mère. Si tu veux que l'on sorte de cette chambre, tu vas devoir tout nous raconter.

— Bon très bien, mais ce n'est pas une belle histoire, je vous aurais prévenus.

— Raconte, répond simplement mon père.

Tout d'abord, j'ai décrit la forêt que je trouvais belle et luxuriante. Puis, j'ai parlé de Claude et des recherches, de la créature qui tenait sa tête sous le bras, ses yeux et son regard terrifiant et surtout la sauvagerie à laquelle nous avions été témoins. Je ne peux m'empêcher de donner des détails, ce que pourtant je ne voulais pas faire. Mes parents m'écoutent sans broncher, écarquillant les yeux, abasourdis par mon récit, ne sachant pas si je plaisante ou si je n'en rajoute pas un peu pour me moquer. Je leur parle des victimes et dans quelles circonstances affreuses elles ont été tuées. Le fait de leur raconter toutes ces horreurs, me fait du bien, mais je m'en veux un peu de donner autant de détails. Je sais que j'aurais tout leur soutien…

Je voulais oublier. Oublier ? Facile à dire. Je décide de reprendre mes activités rapidement. Pendant la journée, je retrouve mes collègues de travail qui, curieux, me posent des tas de questions sur les raisons de mon absence mais sans trop insister toutefois. Et mes patients, je suis heureux de les revoir, ils m'avaient manqué eux aussi. La peur qu'ils éprouvent à la vue de la roulette ou d'une seringue me fait sourire systématiquement. S'ils savaient ? C'est avec bonheur que je reprends le sport. Il m'aide à évacuer tout le stress que j'ai accumulé pendant ces jours terribles et le soir je n'ai aucun mal à m'endormir…

Je marchais dans l'obscurité comme dans un nuage. Pas un bruit dans la forêt. L'ambiance était pesante ; j'essayais de courir mais je n'y arrivais pas. Une musique angoissante accompagnait mes pas. Je regardais au loin une silhouette qui avançait vers moi. C'était Claude, les yeux grands ouverts, le regard fixe ; je pouvais voir les petits vaisseaux autour de ses iris. Il se postait devant moi, son abdomen était béant, vidé de tous ses organes et viscères. Il levait le bras droit au-dessus de mon épaule et pointait du doigt. Machinalement, je me retournais. C'est avec une force inouïe que la créature me collait contre le tronc d'un arbre. Elle me fixait longuement, j'avais envie de crier de m'échapper, mais j'étais paralysé par la peur. La femme attrapait sa tête sous son bras, et la tenant par les cheveux, la plaçait devant mon visage. Elle ouvrait grande sa bouche pleine de sang, ses incisives étaient énormes et elle était si près de moi que l'odeur de l'hémoglobine me donnait des hauts le cœur. Je voulais me dégager, mais malgré tous mes efforts, je restais prisonnier de cette bête infâme. Puis, elle enfonçait sa main dans ma poitrine pour prendre mon cœur. Mes amis étaient là, ils regardaient sans bouger, le sourire aux lèvres. Ils avaient eux aussi le ventre béant et vide.

C'est à cet instant que je me réveille, en sueur poussant un cri de terreur. Mon cœur bat si fort que je suffoque, je me sens mal. Pris de nausées, je cours jusqu'au toilettes, les jambes flageolantes. Assis sur le sol, j'ai du mal à me relever. Je reste un moment, là sans bouger. Je me rafraîchis dans la salle de bain, instinctivement je me retourne pour voir si la créature n'est pas derrière moi. Toutes les nuits se ressemblent. Je hurle, terrifié devant Claude se faisant fracasser le crâne...Toutes les horreurs auxquelles j'avais assisté, surgissent la nuit sans crier gare. J'ai l'impression que je n'arriverai jamais à surmonter toutes ces angoisses et ces peurs nocturnes...

Les jours passent dans une certaine routine, chose qui m'aurait dérangé avant cette mauvaise expérience. Mais j'en ai besoin, retrouver un équilibre, un certain confort, a quelque chose de rassurant. Pas de mauvaises surprises, pas de tragédie, rien, que du banal. Mais un soir alors que nous étions à table mes amis et moi, à discuter de choses et d'autres, le téléphone retentit. C'est mon père.

— Ça va Adrien ?

— Oui je suis avec Pierre et Sébastien pourquoi ?

— Vous avez écouté les informations aujourd'hui à la télévision ?

— Non mais...

— Ils ont parlé de ce qu'il s'est passé dans cette forêt...

— Ah bon, et ils ont donné des détails ?

— Oui les photos que vous avez communiquées à la police, et ce n'est pas tout, quelqu'un vous a photographié quand vous étiez au village ! Il se pourrait que vous soyez embêtés ces jours-ci, je te le dis pour vous y préparer. Et tiens-nous au courant, on compte sur toi. Passez une bonne soirée.

— Bon merci papa, je vais en parler avec Sébastien et Pierre. Bonne soirée.

— Faites attention à vous.

J'informe mes amis sans tarder. Pourquoi la police a donné les photos, et surtout qui a bien pu nous prendre en photo et pour quelle raison ?

— J'appellerai l'adjudant Combes lundi. Il a intérêt à nous donner des explications. Diffuser les informations, passe encore, mais...

— S'ils ont des photos, ils ont certainement nos noms, et si c'est le cas on risque comme me l'a dit mon père d'être harcelés par les journalistes. Ils vont s'en donner à cœur joie, j'en suis sûr !

— Tu parles ! Une histoire pareille ! Ils ne vont pas la laisser passer, ça c'est certain ! s'exclame Pierre.

Nous voulons tourner définitivement la page avec cette histoire, passer à autre chose même si nous savons qu'elle est gravée jusqu'à la fin de nos jours dans nos esprits. Toutes les victimes, et l'horreur sera impossible à oublier. Mais à coup sûr, les chaînes de télévisions diffuseront sans interruption ces photos et certainement parleront des cadavres trouvés dans la forêt. Pourquoi s'en priver ? Pour faire de l'audience, parler de cette femme qui erre depuis on ne sait combien de temps, ne se refuse pas. Mes amis restent chez moi jusqu'au lendemain. Nous avons l'intention de passer un week-end entier ensemble. Le lendemain matin, alors que nous sortons de l'immeuble, une flopée de journalistes et des caméramans nous attendent. Ils avancent vers nous et nous posent une multitude de questions sans même attendre une réponse. Nous les repoussons, mais ils reviennent à la charge.

— Que pouvez-vous nous dire sur ce que vous avez vécu dans cette forêt ?

— Poussez-vous, nous n'avons rien à vous dire, poussez-vous je vous dis, s'énerve Pierre, dégagez si vous ne voulez pas recevoir mon poing dans la figure…

Nous devons forcer le passage pour monter dans la voiture et partir en vitesse. Sébastien décide finalement de téléphoner sur le champ à l'adjudant pour avoir des explications. Ce dernier répond rapidement et semble de très mauvaise humeur :

— Ah, je savais que vous m'appelleriez, alors si vous voulez des informations, ce n'est pas avec moi que vous les aurez. Je ne décolère pas, j'ai posé des questions à tous mes hommes, aucun ne sait qui vous a photographiés et donné vos noms. Il semblerait, qu'il y ait eu une fuite, ou plutôt une oreille curieuse et la personne en question s'est arrangée pour avoir plus d'infos.

— C'est forcément quelqu'un qui travaille au poste de police !

— Le jour où vous êtes venus, il y avait beaucoup de monde. Le téléphone est passé de main en main pour regarder les photos, et je pense qu'une personne extérieure a dû entendre votre histoire incroyable. Je vous l'ai dit, j'ai interrogé tous mes hommes.

— Il a bien fallu que quelqu'un au poste donne les photos. Je sais que cela vous contrarie mais il n'y a pas d'autre explication logique !

— Croyez-moi, j'essaie de savoir comment tout cela est arrivé. Si c'est un de mes hommes qui a divulgué toutes les informations, il peut s'attendre à de sérieux problèmes, vous pouvez me croire. D'autant plus que l'enquête commence à peine. Pour l'heure, je n'en sais pas plus, on finira bien par le savoir, en tout cas je l'espère. Il ne fait aucun doute que c'est pour gagner de l'argent. Et des familles qui étaient en vacances dans la région sont revenues pour nous alerter de la disparition d'un ou des membres de leur famille. Je crois qu'on n'en a pas fini avec les plaintes. Les gens veulent des résultats, je les comprends, mais ça ne se fait avec une baguette magique. Ecoutez, je suis vraiment désolé, si j'apprends quelque chose...

— Nous comptons sur vous, même si c'est déjà trop tard….

L'histoire, les photos, tout passe et repasse en boucle à la télévision. Des personnes revenues sur les lieux de leurs vacances, interrogées par les journalistes disent qu'elles sont sans nouvelles de leurs proches, certains depuis plusieurs mois. C'est dur pour tous ces gens de ne pas savoir, de rester dans l'ignorance et d'espérer leur retour, en vain. Ils pourraient faire leur deuil dès que les résultats ADN seraient connus. Les journalistes s'agitent, on ne parle plus que de ça. Les médias, font des suppositions et parlent d'autres créatures qui pourraient éventuellement déambuler dans la forêt. Même les télévisions étrangères sont intéressées par cette histoire, certes peu banale et certains spéculent sur le pourquoi et le comment, d'où vient-elle ? Qui est-elle ? Les scénarios vont bon train ; il se dit tout et n'importe quoi. Comment parler d'elle, c'était une femme, un animal ?

Chapitre 17

Jamais nous n'aurions imaginé que tout cela prendrait autant de proportions. Franck nous téléphone, lui n'est pas sur les photos, mais il a été approché par les journalistes, chez lui à Lyon. Qui a bien pu les informer ? Une personne de son entourage proche ou lointaine ? Il n'en sait rien. Il a du mal à remonter la pente. Nous lui proposons de venir à Paris, mais il n'a pas envie de bouger, il préfère rester chez lui pour le moment ; Il n'a toujours pas repris le travail.

Trois semaines sont passées et la situation n'a pas changé. Il y a toujours cet engouement pour cette femme qui tient sa tête sous le bras. Ce doit être difficile à imaginer. Et nous ne pouvons pas faire un pas, sans être entourés de tous ces journalistes. Je me dis qu'avec le temps les gens passeraient à autre chose, se lasseraient. Un soir Sébastien m'appelle :

— L'adjudant Combes m'a téléphoné tout à l'heure. Ils ont trouvé une quinzaine de cadavres dans le périmètre où nous nous trouvions. Ils ont ratissé le plus largement possible.

— La forêt est vaste, il y en a d'autres à coup sûr.

— Oui, ils vont certainement chercher dans différents endroits et aller le plus loin possible. Ça ne va pas se faire comme ça, il va falloir beaucoup de temps et d'hommes.

— Il ne sait toujours pas qui a divulgué toutes les informations ainsi que les photos je suppose.

— Non, l'adjudant ne laisse pas tomber. Mais il est persuadé que ce n'est pas un de ses hommes. Il a confiance en eux, c'est normal.

— On ne le saura probablement jamais. De toute façon, c'est trop tard. Le savoir ne nous avancera à rien, enfin, en ce qui nous concerne…

Sébastien a régulièrement l'adjudant au téléphone. Il tient ses promesses ; il nous informe des dernières nouvelles et du nombre de cadavre qui augmente à chaque fois. Depuis combien de temps cette créature fait des ravages ? Longtemps sûrement. Chez moi, j'allume toutes les lumières le soir. Je ne peux plus rester dans le noir ; l'obscurité me donne des angoisses terribles et même être seul parfois, est difficile. Je suis tenté d'aller chez mes parents ou chez un de mes amis tellement rester seul me fais peur. Je suis plus traumatisé que je ne voulais le croire jusque-là. C'est pareil pour Pierre, il voit arriver le soir avec appréhension. C'est bizarre d'entendre de sa bouche des choses pareilles. C'est un gaillard, robuste et d'un grand optimisme. Le sentir fragile est quelque chose de nouveau. Il me suggère plus tard, d'aller consulter, moi aussi. Il me confie que cela lui fait du bien et que si je suis encore hanté et perturbé, il faut que je fasse la démarche, que je saute le pas. Tout seul je n'y arriverai pas.

— Il n'y a pas de mal à aller voir un psychiatre Adrien.

— Je sais, mais je pense qu'avec le temps ça passera, il le faut bien !

— Ça passera ou pas et tout ne fera qu'empirer si tu laisses trainer. Si tu ne t'en occupes pas maintenant, tu ne t'en remettras peut-être jamais. C'est maintenant qu'il faut y aller.

— Oui, je vais y réfléchir !

— Ils vont finir par nous lâcher tous ces cons de journalistes ?

Après des jours d'hésitation, et les propos convaincants de Pierre, je décide de consulter. Devant le professionnel, j'ai besoin de me libérer et cela je dois bien le reconnaitre me fait du bien. Les cauchemars à chaque fois que je ferme les yeux sont toujours aussi intenses et paraissent réels. J'ai besoin de verbaliser, de mettre des mots sur ce que je ressens ; le pouvoir des mots à un effet libérateur. Des gens ont perdu la vie, brutalement, seuls au milieu de nulle part. Au fond de moi, je ne peux m'empêcher de ressentir de la culpabilité. J'étais là, horrifié par ces scènes d'horreur, je regardais, incapable de bouger pour les secourir. Pouvoir parler de ces choses, que j'ai au fond de moi, ces pensées que je n'ai pas dites à mes proches ou mes amis, m'aide, me soulage un peu. Exprimer son ressenti à une personne étrangère est peut-être plus facile.

— Pourquoi vous sentez-vous coupable ?

— Parce que je n'ai pas bougé, j'ai laissé faire.

— Qu'auriez-vous dû faire selon vous ? C'était une situation difficile, même moralement, vous étiez fragilisé.

— J'aurais dû m'interposer…mais ce n'était pas un être humain…c'était un animal…une créature digne d'un film d'horreur ! J'en ai des frissons rien qu'en l'invoquant.

— Vous l'avez dit vous-même, ce n'était pas un être humain, vous étiez fasse à une créature au physique hors commun, le mot est faible. Tout ce que vous avez vécu est perturbant, vous n'avez pas à vous culpabiliser. Nous reparlerons de tout cela, il est important que vous arriviez à contrôler vos angoisses…

Cette femme était si répugnante ! Ce n'était en rien, une personne. Que ce soit physique ou moral. C'était un monstre sanguinaire, dévoreur de chair humaine.

Combien de temps m'avait-t-il fallu pour enfin, faire quelque chose ? Pour réagir ? Combien de souffrance, de morts encore il m'a fallu pour bouger, cette créature me tétanisait.

J'étais le spectateur de ma propre peur. Sentiment nouveau.

Á chaque séance le psychiatre écoute attentivement sans m'interrompre. C'était un ami de Sébastien, et je savais que lui aussi aller parler à son collègue. Même s'il avait géré beaucoup mieux la situation, il n'en reste pas moins traumatisé. Il boit mes paroles, a du mal à croire cette histoire incroyable qu'il connait déjà. Je raconte sans plus aucune retenue. Je ne tournerai jamais la page, mais j'ai besoin de tout déballer encore et encore pour arriver à avancer…

Nous venions d'apprendre que Franck était rentré à l'hôpital ; il faisait une grosse dépression nerveuse. Nous avions décidé d'aller le voir dès que possible, chez lui à Lyon.

Ce drame nous a encore plus rapprochés mes amis et moi. Nous avons besoin de nous retrouver ensemble. De plus on ne peut faire un pas dehors, sans être ennuyés par les journalistes qui ne baissent pas les bras. Ils nous auraient à l'usure, d'ailleurs Sébastien finit par nous dire :

— J'ai bien réfléchi, je pense que si nous acceptons de parler aux journalistes, ils arrêteraient de nous harceler. On serait enfin tranquille, qu'en pensez-vous ? Ils n'ont pas l'air de vouloir abandonner ! Et puis, nous sommes invités, si nous sommes d'accord à être interviewés dans une émission…

— Tu veux dire à la télévision...

— Oui Pierre à la télévision…

— Quand ?

— Je n'ai pas donné de réponse, je voulais d'abord vous en parlez. Si vous êtes d'accord, nous irons à cette émission. Et puis, étant passionné par toutes les choses fantasmagoriques, enfin je ne vous apprends rien là-dessus n'est-ce pas, j'aurais bien aimé en savoir d'avantage, si j'avais été un des spectateurs. Je sais que tout cela ne vous emballe pas, mais je ne le suis pas non plus, croyez-moi. La seule chose dont j'ai envie, c'est qu'on me fiche la paix et vous aussi. Et puis ce serait une belle expérience, vous ne trouvez pas ?

— Bon très bien, je suis d'accord et toi Pierre qu'est-ce que tu en penses ?

— Je pense qu'ils n'ont qu'à aller voir par eux-mêmes, mais je viendrai ! Ils m'emmerdent tous ces journalistes !

Le rendez-vous pour participer à l'émission spéciale est pris... Nous nous préparons avant d'entrer sur le plateau de télévision. Nous sommes impressionnés par le nombre de personnes qui travaillent derrières les caméras. Il fait une chaleur incroyable sur le plateau à cause des projecteurs. Tout le monde court dans tous les sens. La présentatrice en professionnelle, nous explique hors antenne, comment les choses vont se dérouler. Sans être vraiment jolie, elle dégage tout de même un certain charme ; elle est habillée d'une robe moulante rose pâle et avant de commencer l'émission, elle se fait repoudrer un peu, son visage trop maquillé. Elle a un je ne sais quoi qui me fait penser à Lucie. Quand le bouton rouge s'allume, la présentatrice avec un visage grave, nous présente avant de commencer l'interview. Elle nous pose tout d'abord des questions banales concernant notre amitié, notre travail, puis nous entrons dans le vif du sujet.

— Donc vous étiez perdus dans cette forêt avec ce Monsieur qui cherchait sa femme et ses amis c'est bien cela, quand....

Et voilà, les questions fusent et c'est avec une certaine aisance que nous répondons. Pierre donne des réponses si précises que la journaliste ne peut s'empêcher de grimacer. Le connaissant, je pense qu'il le fait exprès pour se venger en quelque sorte de leurs curiosités malsaines. Il s'évertue à raconter avec une grande précision, la façon dont la femme dans cette forêt tuait ses proies ; comment elle ouvrait le corps de ses victimes qu'elle vidait et le repas qui s'en suivait. Parfois Sébastien l'interrompe, pour lui faire comprendre qu'il en dit peut-être trop, qu'il exagère. Non pas qu'il ment, mais que ce n'est pas nécessaire de dégouter les gens. Malgré tout, Pierre insiste, il prend un certain plaisir à parler de toute cette laideur et de toutes les fois où il a rejeté le peu qu'il mangeait. Nous savons qu'il a du mal à s'en remettre, c'est je crois une façon pour lui d'exorciser toute l'horreur que nous avons vécue et même subie. Et puis, c'est un des traits de son caractère ; être franc, direct, mais ce que les gens ne peuvent sûrement pas deviner en l'écoutant parler, c'est sa grande sensibilité, il ne reste jamais insensible devant quelqu'un en difficulté ou malheureux…

Sébastien avait raison. Plus de journalistes qui nous attendent devant chez nous, c'est terminé. Bien sûr, il arrive parfois qu'une personne vienne nous demander si nous étions bien les hommes perdus…Nous pouvons enfin retrouver un peu de calme dans nos vies. Tout le reste, nous devons le faire seul. C'est un travail de longue haleine ; essayer de retrouver un peu de stabilité et de sérénité surtout.

Ne plus avoir peur de la nuit…

Sébastien, Pierre et moi sommes en route, direction Lyon, pour rendre visite à notre ami Franck. Ce dernier est toujours à l'hôpital et il n'est pas prêt apriori d'en sortir.

Allongé sur son lit, il tourne à peine la tête pour nous regarder. Il nous a reconnu de suite, mais a des difficultés à parler :

— Bonjour Franck, tu es content de nous voir j'espère, dis-je.

Franck ne répond pas, il ferme les yeux une fois ; nous avons compris que cela veut dire oui. Il se rendort aussitôt. Nous essayons d'avoir un peu d'information concernant son état de santé. Une jolie infirmière a bien voulu nous répondre.

— C'est vous qui êtes passés à la télévision, non ?

— Oui c'est nous. Comment va Franck ? Questionne Sébastien, va-t-il s'en sortir, il n'a pas l'air de se remettre.

— Ce sera très long. Nous sommes obligés de lui donner des sédatifs parce qu'il est très agressif ?

— Franck agressif ? rétorque Pierre.

— Oui. Il pense être dans la forêt parfois et cela le rend agressif. Vous l'êtes aussi il me semble !

— Qui moi ? Pas du tout !

— Quand je vous écoutais à la télévision, je me demandais ce qui n'allait pas chez vous. On dirait que vous

vous amusiez à donner toutes sortes de précisions, toutes plus sordides les unes que les autres…

— On nous a harcelés jusqu'à ce que l'on vienne parler de cette créature. Ils en ont voulu, je leur en ai donné. Je trouve que j'ai été très sympa sur ce coup-là et si tout cela vous déplaisez, vous n'aviez qu'à zapper, ce n'est pas plus compliqué que ça !

— C'est bien ce que je disais, vous êtes agressif !

L'infirmière s'éloigne tout en regardant Pierre avec un petit sourire. Tout comme lui, elle n'a pas sa langue dans sa poche. Je regarde mon ami qui fronce les sourcils en observant cette jeune femme qui se moque gentiment de lui. Bien qu'il s'en cache juste un peu, le courant est bien passé entre eux et je ne sais pas pourquoi, mais je sûr qu'il ne repartira pas sans son numéro de téléphone.

— C'est quoi son problème ?

— Allons, allons mon lapin, demain tu lui demanderas son numéro de téléphone rétorque Sébastien en lui mettant des petites tapes sur le bras.

— Oui, je suis sûr que vous allez bien vous entendre, tous les deux.

Nous sommes à Lyon pour plusieurs jours. Nous passons tous les jours voir Franck. Il fait de son mieux pour remonter la pente. Certains jours, il a plus de facilité à parler et ces jours-là, il est vraiment heureux de nous voir. Nos visites lui font du bien. Pierre en profite pour parler avec l'infirmière qui n'est pas insensible à son charme et même à son caractère…

La vie reprend doucement son cours. En ce qui me concerne, cette aventure aussi abominable soit elle, m'aura fait comprendre qu'il faut avoir l'esprit ouvert. Des choses arrivent et sont parfois par chance, extraordinaires ; alors ceux-là auront le bonheur de les raconter au risque d'être traité de menteur et d'autres préféreront taire ce qu'ils ont vécu. Dans tous les cas, chacun en ressortira plus fort, plus heureux, l'expérience hors du commun les changera, certainement. Notre péripétie au milieu de cette forêt nous aura changés à nous aussi. Nous en ressortons certes traumatisés, mais les choses que nous avons vécues, m'ont en ce qui me concerne, transformé ; j'apprends à apprécier les choses, à prendre conscience de tout ce qui m'entoure. Je prends plus de temps encore avec ma famille. Je ne veux plus laisser des choses pas vraiment importantes me perturber ou me gâcher la vie…Nous avons été privés de nourriture, de confort, pendant plusieurs jours, si longs et pénibles, ce qui me fait apprécier maintenant tout ce que j'ai. Mais surtout, la vie est courte, il faut en profiter autant que l'on peut. Nous avons eu beaucoup de chance, nous aurions pu y laisser la vie. Le temps va passer, inexorablement, je ne veux pas oublier toutes ces résolutions. Parce que sur le moment, nous sommes décidés, mais est-ce que plus tard, notre nature ne va pas nous rattraper…

J'ai éprouvé un désamour pour cette nature que j'aime et que je respecte. Elle cachait une créature hideuse sans nom, c'est elle qui l'a enlaidie. C'est ce monstre venu de je ne sais où qui l'a dénaturée. Cette femme n'était pas une chimère. Elle existait sûrement dans une autre vie, à une autre époque. Et c'est dans des moments de solitude que je repense à elle, elle me hante quand je suis chez moi. Qui sait ? Peut-être qu'elle ne demandait qu'à partir au lieu de déambuler, seule dans cette forêt. Je me dis que cette femme reflète tout ce qu'il y a de laid dans l'espèce humaine. J'aurais pu appeler cette histoire « la Belle et la Bête » mais non, cette créature était sûrement quelqu'un avant, une personne. Qui ? Je ne sais pas bien sûr. La sauvagerie dont elle faisait preuve était son moyen de survie. Pourquoi se nourrir de chair humaine ? Ça je ne le saurai jamais. Il n'y a rien que je comprenne dans cette histoire de toute façon. Je n'éprouve aucune compassion pour elle mais il y avait bien une raison à son existence. Elle n'était pas arrivée là seule, et ne vient pas non plus d'une autre planète…

Après des mois et des mois d'investigations mon ami Sébastien, amoureux des choses étranges, a trouvé dans un vieux livre une histoire singulière : au moyen âge, l'écartèlement était entre autres, la sentence quand une personne avait commis un délit ; l'histoire raconte, que deux jeunes gens accusés peut-être à tort, d'avoir tué et volé un riche propriétaire, avaient été écartelés sur la place publique. Leur mère qui avait assisté à leurs exécutions, ne pouvait s'en remettre. Cette dernière poussait des hurlements si forts et si intenses que l'on pouvait les entendre de loin. Son chagrin était trop grand, personne ne pouvait la consoler. Depuis la perte douloureuse de ses enfants, elle errait dans les rues de son village poussant des cris qui faisaient froid dans le dos, à toutes les personnes qui les entendaient. Deux semaines après cet événement tragique, le corps de la femme avait été trouvé dans un champ. Elle était décapitée ; acte impuni, car l'identité de l'assassin était inconnue, tout comme le mobile du crime odieux n'a jamais était élucidé.

C'est dans mes réflexions les plus profondes que j'en déduis, que pour sauver nos vies, nous avons tué, une deuxième fois cette femme pleine de rancœur et de haine. Cette histoire inoubliable restera gravée, jusqu'à la fin de nos jours. Même si je n'ai ressenti aucune peine pour cette créature, quand nous la maintenions dans le feu, je ne peux m'empêcher de ressentir de la tristesse pour cette mère qui a vu ses enfants mourir devant ses yeux. La souffrance qu'ils ont ressentie au moment de l'écartèlement devait être insupportable pour elle. C'est peut-être la colère et le déchirement qui l'empêchaient de s'extraire pour de bon de ce monde, comme le commun des mortels ? Elle avait besoin de vengeance, de crier toute sa douleur, à cause des atrocités de son époque. Finalement, c'était une victime elle aussi. Car quelque-soit l'époque, les sentiments restent toujours les mêmes ; l'amour, la peine, la haine, l'envie de vengeance, l'amour pour ses enfants sont toujours là, rien n'a changé. Mais la cruauté prend des formes différentes, plus on avance dans le temps et plus elle évolue !

Il fait un temps magnifique. Je décide de rentrer chez moi à pied pour profiter de la douceur de l'air. Les terrasses de café sont bondées de monde. Quand il fait beau les gens paraissent plus calmes, plus heureux, les choses plus simples à gérer. Le soleil a cet effet sur moi aussi. Je marche un peu distrait, quand soudain une femme me percute et fait tomber mon gobelet de café. Sans aucune excuse, elle continue son chemin. Je me retourne pour la regarder, elle fait de même. C'est le portrait de la créature dans la forêt. Elle est beaucoup plus jeune, mais a la même physionomie, le même regard. Elle ne fait pas plus d'un mètre soixante, elle aussi. Elle n'est pas repartie tout de suite, non d'abord elle m'a fixé, je ne sais combien de temps. Elle est restée là, sans bouger, quant à moi, je veux continuer ma route mais j'en suis incapable, mes jambes flageolent. La femme me contemple encore et me fait un petit sourire en coin, qui n'a rien de séduisant et son regard me fait froid dans le dos...

© 2021, Eliette Boutet

Édition : BoD – Books on Demand

12/14 rond-point des Champs-Élysées, 75008 Paris.

Impression : BoD – Books on Demand, Norderstedt, Allemagne.

ISBN : 978-2-3223-7747-3

Dépôt légal : Août 2021

Couverture : Déborah Boutet